Un perro llamado grk

Un perro llamado grk

Joshua Doder

Traducción de Rafael Marín Trechera

EDICIONES B
GRUPO ZETA

Barcelona • Bogotá • Buenos Aires • Caracas • Madrid • México D. F.
Montevideo • Quito • Santiago de Chile

Título original: *A Dog Called Grk*

Traducción: Rafael Marín Trechera

1.ª edición: febrero, 2007

Publicado originalmente en 2005 por Andersen Press Limited.

© 2005, Joshua Doder, para el texto
© 2005, Andersen Press Limited
© 2007, Ediciones B, S. A., en español para España
   Bailén, 84 - 08009 Barcelona (España)
   www.edicionesb.com

Impreso en España - Printed in Spain
ISBN: 978-84-666-3117-4
Depósito legal: B. 1.594-2007

Impreso por NOVOPRINT

1

Una mañana de mayo, el gobierno de Estanislavia hizo pública la siguiente declaración:

El presidente Joseph Djinko fue arrestado la pasada noche. Tras ser interrogado, se confesó culpable de cuarenta y siete cargos de corrupción. El coronel Zinfandel, comandante en jefe del Ejército y las fuerzas aéreas de Estanislavia, ha asumido el control del país.

Esta declaración puede parecer bastante corta, incluso un poco aburrida, pero tuvo consecuencias sorprendentes por todo el mundo.

En la Casa Blanca, sonó el teléfono rojo del presidente norteamericano.

En el palacio Elíseo un botón azul se encendió en el escritorio del presidente francés.

En el 10 de Downing Street un consejero susurró la noticia al oído del primer ministro británico.

En el 23 de Rudolph Gardens, Kensington, Londres SW7, un hombre alto y guapo llamado Gabriel Raffifi bajó corriendo las escaleras y le dijo a su esposa:

—¡Rápido, querida, coge a los niños! ¡Tenemos que marcharnos!

Cuando ella empezó a preguntar qué demonios pasaba, Gabriel Raffifi contestó:

—Han arrestado al presidente Djinko, y el coronel Zinfandel se ha apoderado del país.

—Oh, Dios mío —dijo la señora Raffifi. No tuvo que preguntar nada más. Se puso en pie de un salto, y corrió por toda la casa, llamando a sus hijos—. ¿Max? ¿Natascha? ¡Natascha! ¡Max! ¿Dónde estáis?

Si nunca habéis oído hablar de Estanislavia, no sintáis vergüenza. Le pasa a casi todo el mundo.

Estanislavia es un país pequeño y montañoso situado en la parte de la Europa del Este que está más cerca de Rusia. Su historia ha sido complicada y casi siempre desagradable. Durante siglos, el país fue gobernado por dictadores que impusieron sus crueles deseos a la mísera población. Hace cincuenta años, Estanislavia consiguió por fin la independencia.

La gente de Estanislavia habla un idioma llamado estanislavo. Muy poca gente nacida fuera de Estanislavia sabe hablarlo. Si decidierais aprenderlo, necesitaríais años para familiarizaros con la gramática y el vocabulario. La mayoría de los verbos son irregulares. La mitad de las frases hechas no tienen ningún sentido. El diccionario está lleno de palabras que son casi imposibles de traducir a cualquier otro idioma.

«Grk» es una de esas palabras. No hay ni una sola palabra en nuestro idioma que signifique exactamente lo mismo que «grk». Para traducirla, harían falta al menos tres palabras, y probablemente más. Más o menos, «grk» significa valiente, generoso y alocado al mismo tiempo. Se usa la palabra «grk» para describir a un guerrero que perdió la vida al servicio de una causa noble, pero inútil.

Cuando los padres de Natascha Raffifi le regalaron un cachorrito, la niña pensó que parecía muy valiente, muy generoso y un poquito alocado. Por eso lo llamó Grk.

2

Todas las tardes, cuando salía del colegio, Timothy Malt volvía a pie a casa siguiendo la misma ruta.

Todas las tardes, cuando llegaba a casa, entraba con su propia llave. Sacaba del frigorífico un cartón de zumo de naranja, y se servía un vaso. Cogía tres galletas del tarro, corría al salón y se sentaba en el enorme y mullido sofá. Entonces se ponía a jugar con el ordenador hasta que su madre volvía de su oficina o su padre, de la suya.

Ese día, las cosas fueron distintas. Tim encontró un perro.

En realidad, el perro encontró a Tim.

Durante las largas tardes en el colegio, Tim hacía siempre caso omiso de la aburrida voz del maestro y soñaba con su ordenador. Después de clase, corría a casa: no quería perder tiempo caminando cuando podía estar jugando a algún juego.

Ese día, Tim corría aún más rápido que de costumbre, porque acababa de invertir dos meses de paga en la compra de un juego nuevo. Era un simulador de helicópteros. Ya tenía otros tres simuladores de ordenador, pero éste era mucho más realista que los demás. Según decía la caja, los pilotos lo usaban para practicar antes de disponerse a pilotar un helicóptero nuevo.

En los últimos días, Tim había conseguido dominar casi todas las maniobras básicas. Podía despegar. Podía sobrevolar campos. Podía rodear rascacielos. Ahora necesitaba practicar el vuelo sobre la jungla para aprender a evitar los árboles más altos antes de aventurarse en su primera misión de combate.

Mientras corría de vuelta a casa, Tim trató de imaginar la mejor manera de volar sobre la jungla. Agitaba las manos de derecha a izquierda como si estuviera usando la barra de control. Imaginaba todos los obstáculos con que podría encontrarse. Árboles altos como edificios. Serpientes colgando de las ramas. Boas constrictoras subiendo por los troncos. Loros volando por los aires. Monos saltando de árbol en árbol. Se concentraba tanto en imaginar todos los obstáculos de la jungla que no se molestó en mirar por dónde iba, y tropezó con un bulto que había en la acera.

El bulto chilló.

Tim cayó.

Al caer, estiró los brazos para protegerse y su cabeza no chocó con el suelo, pero sus codos, sí. Primero el derecho. Luego el izquierdo. ¡Chas! ¡Crac! El dolor fue increíble.

—Ayyyyy —gimió. Rodó, agarrándose los codos y gimoteando bajito para sí—. Oh, oh, oh. Oooh.

Después de unos cuantos segundos de agonía, Tim sintió que algo blando le tocaba la mejilla. Algo blando y húmedo. Se olvidó del dolor en los codos y abrió los ojos.

Un par de ojillos negros lo miraban. Una lengüecita rosa le lamió la cara.

Tim se dio la vuelta y se sentó en el suelo.

El perro meneó la cola.

Era un perro pequeñito con ojos negros como perlas. Tenía el pelaje blanco con manchas negras y una cola respingona que agitaba como un metrónomo.

Tim quiso acariciar al perro o hablarle, pero sabía que no debería hacerlo. Sus padres se pondrían furiosos. A su madre la asustaban los perros (era alérgica). Su padre detestaba los perros (¡hacían tanto ruido!). Los padres de Tim le habían dicho que no tocara nunca a ningún perro... si no quería pillar la rabia, pulgas y solitarias.

Tim no quería tener ninguna solitaria dándole vueltas por las tripas, ni pulgas correteando bajo sus ropas, ni una dosis letal de rabia en la sangre. Así que se levantó, apartó la mirada del perro y continuó caminando por la calle. Mientras andaba, se frotó el codo. Todavía le dolía.

Cuando Tim llegó al final de la calle, se dio cuenta de que lo seguían. Se dio media vuelta. Allí estaba el perro.

—Márchate —dijo Tim—. Vuelve a casa.

El perro meneó la cola.

—¿Por qué me sigues? ¿Puedes dejar de seguirme, por favor?

El perro ladeó la cabeza y lo miró.

Tim se mordió una uña. Siempre lo hacía cuando pensaba. Entonces, tomando aire, gritó:

—¡MÁRCHATE!

El perro ladeó la cabeza hacia el otro lado y continuó mirándolo.

Tim se encogió de hombros.

—Vale. Haz lo que quieras.

Siguió caminando por la calle. Cada pocos pasos, se volvía y veía que el perro lo estaba siguiendo.

Diez minutos después, Tim llegó a su casa. Metió la llave en la cerradura y entonces miró al perro.

—¿Por qué sigues aquí?

El perro se tendió con la cabeza entre las patas, y miró a Tim.

Tim miró los ojitos negros del perro y vio una expresión que reconoció. No era tristeza. Ni soledad. Ni miedo. En los ojitos negros del perro, Tim vio hambre.

«Ahora que lo pienso —se dijo Tim—, yo también tengo hambre.»

Tim trató de imaginar qué sucedería si dejaba entrar al perro en la casa. Sacudió la cabeza. No merecía la pena pensar en eso. Su madre se enfadaría tanto que daría una patadita en el suelo y agitaría los brazos por encima de la cabeza. Su padre se enfadaría tanto que no diría ni una sola palabra, pero su cara se volvería roja brillante y parecería que los ojos le iban a saltar de sus órbitas.

Los padres de Tim eran muy buenos a la hora de enfadarse. Habían tenido un montón de años de práctica.

Tim miró al perrito.

—Lo siento —dijo—. No puedo dejarte entrar en casa. Pero voy a entrar yo y te traeré algo de pan, ¿vale? Si te quedas aquí, te traeré pan. ¿Entiendes?

El perro miró a Tim, y pareció hacerle un guiño. Tim tuvo la extraña sensación de que el perro entendía exactamente lo que le estaba diciendo.

—Bien —dijo—. Entonces voy a por el pan. Espera aquí.

Tim giró la llave, y abrió la puerta. En ese mismo instante, el perro se puso en pie de un salto, se coló entre las piernas de Tim, y entró corriendo en la casa.

—¡No! —gritó Tim—. ¡No, no, no!

El perro no le hizo caso. Siguió corriendo.

—Oh, no —gimió Tim—. Mamá me matará.

Entró corriendo en la casa y cerró la puerta. Se quitó el abrigo y dejó caer la mochila en el pasillo. Entonces empezó a buscar al perro. Sabía que tenía que sacarlo de la casa antes de que volvieran sus padres, o habría problemas. Habría gritos, y agitar de brazos, y se acabaría la paga, y habría portazos, y caras rojas, y al final enviarían a Tim a la cama sin cenar.

Buscó desde el desván al sótano, mirando bajo las camas, metiendo la cabeza en cada uno de los armarios, y registrando todos los rincones donde pudiera esconderse un perro. Pero no encontró al perro por ninguna parte.

El tiempo corría. Tim sintió un escalofrío de pánico. Sus padres volverían pronto. Sacó una loncha de beicon del frigorífico y buscó de nuevo por toda la casa. Alzó la loncha y gritó:

—¡Mira, perrito! ¡Beicon! ¡Perrito bonito! ¡Ven y coge el beicon!

Pero el perro había desaparecido.

Tim buscó de nuevo en el frigorífico, y encontró una chuleta de cerdo. Sostuvo el beicon con una mano y la chuleta con la otra. Recorrió la casa, agitando la carne, gritando y silbando. Abrió las puertas del mueble de la cocina y metió dentro la chuleta.

—¡Mira, perrito! ¡Una chuleta la mar de rica!

Se arrodilló en el suelo de la habitación de invitados, se asomó bajo la cama y dejó la chuleta sobre la alfombra.

—¡Mira, perrito! ¡Este beicon está riquísimo!

Allá a donde iba, agitaba el beicon y la chuleta de cerdo, y gritaba:

—¡Ñam, ñam! ¡Comida gratis! ¡Beicon! ¡Chuleti-ta de cerdo! ¡Ven y cógelo!

Pero no había ni rastro del perro.

A las siete, cuando Tim buscaba por enésima vez en el salón, con el beicon en una mano y la chuleta de cerdo en la otra, oyó el sonido que llevaba dos horas temiendo: una llave giraba en la puerta principal.

—¡Hola, Tim! —gritó su madre unos segundos más tarde—. ¡Estoy en casa!

Tim se miró las manos. ¡La chuleta! ¡El beicon! ¿Qué podía hacer con ellos?

—¿Tim? ¿Timmy? ¿Estás ahí?

—Hola, mamá —respondió Tim—. Estoy en el salón.

Miró a su alrededor. ¡El beicon! ¡La chuleta! ¡Tenía que esconderlos! Pero ¿dónde?

En el mueblecito había un antiguo jarrón chino junto a dos candelabros de oro y algunas fotos de familiares en marcos de plata. El jarrón estaba decorado con delicados dibujos de cigüeñas azules. El padre de Tim, el señor Malt, lo había comprado en una subasta por quince mil libras. Al señor Malt le encantaba aquel jarrón, aunque era difícil saber si lo que realmente le gustaba eran los delicados dibujos de las cigüeñas azules o el hecho de que le hubiera costado quince mil libras. Tim no tenía tiempo para preocuparse por eso, así que metió a toda prisa la chuleta de cerdo dentro del jarrón.

Y ahora tenía que esconder el beicon. Tim contempló la habitación. ¡El sofá! Levantó uno de los mullidos cojines, soltó el beicon, volvió a colocar el cojín en su sitio y se sentó.

En ese momento, la señora Malt entró en la habitación.

—Hola, cariño —dijo.

—Hola, mamá —respondió Tim.

La señora Malt se quedó mirando a Tim, que estaba sentado en el sofá con los brazos cruzados y una expresión culpable en el rostro.

—¿Qué estás haciendo? —preguntó la señora Malt.

—Nada.

—¿No estás jugando con tu nuevo juego?

—Lo haré dentro de un momento.

—¿Por qué pones esa cara de culpabilidad?

—¿Yo?

—Sí, tú —dijo la señora Malt—. ¿Qué has hecho?

—Nada, mamá.

—Timothy.

—¿Qué?

La señora Malt se quedó mirándolo durante un buen rato.

—¿Seguro que no has hecho nada?

—Sí, mamá, seguro.

—¿Lo prometes?

—Sí —dijo Tim—. Lo prometo.

—Muy bien.

Cuando la señora Malt se disponía a volverse para

bajar las escaleras se fijó en algo. En el otro extremo del sofá, uno de los cojines se movía.

La señora Malt miró el cojín con una mezcla de horror y asombro. Nunca hasta entonces había visto que un cojín se moviera.

—¿Qué es eso? —dijo.

—¿Qué es qué? —dijo Tim, fingiendo no haberse dado cuenta.

—¡Eso! ¡Eso! ¿Qué es?

La señora Malt señaló el cojín. Se movía. A continuación se movió el siguiente cojín. Como si algo estuviera escarbando por debajo de los cojines del sofá, cada vez más cerca de Tim.

—No sé —dijo Tim—. Probablemente no sea nada.

—¿Nada? Timothy Malt, ¿crees que soy tonta?

—No, mamá.

—Levántate.

—¿Por qué?

—¡Venga, levántate!

—Sí, mamá.

Tim se levantó.

La señora Malt se acercó al sofá y agarró el cojín sobre el que estaba sentado Tim. Lo alzó y descubrió un perro. Un perro pequeño de ojos negros que agitaba la cola y tenía una loncha de beicon crudo entre los dientes.

—Oh, Dios mío —dijo la señora Malt.

De un rápido bocado, el perro se tragó el beicon.

En ese momento, en la otra punta de la casa, se abrió la puerta principal. El señor Malt había vuelto del trabajo.

—¡Hola! —gritó—. ¡Estoy en casa!

—¡Terence! —chilló la señora Malt—. ¡Terence! ¡Ven aquí, Terence!

—Sí, querida —dijo el señor Malt que, como habréis podido suponer, se llamaba Terence.

Terence Malt corrió hacia el salón, todavía con el abrigo puesto y cargando su maletín.

—Hola, Tim —dijo—. ¿Cómo te ha ido en el cole?

—Bien —respondió Tim.

—Terence —dijo la señora Malt—. ¡Mira! —gritó señalando al perro—. ¿Qué es eso?

El señor Malt se quedó parado un momento. Parpadeó. Se rascó la nariz.

—Es un perro —dijo por fin.

—Ya sé que se trata de un perro —contestó la señora Malt—. Pero ¿qué está haciendo aquí?

—Acabo de volver del trabajo —dijo el señor Malt—. ¿Cómo voy a saber lo que está haciendo aquí?

—Bien, ¿qué vas a hacer al respecto?

—No estoy muy seguro. ¿Qué quieres que haga?

—Quiero que te libres de él.

—Entonces me libraré de él —dijo el señor Malt. Dejó el maletín en el suelo y dio un paso hacia el perro—. Hola, perrito.

El perro meneó la cola.

El señor Malt dio otro paso hacia el perro.

—Ven aquí, perrito —dijo extendiendo los brazos—. Ven aquí.

El perro no se movió.

—Lindo perrito —dijo el señor Malt, y dio otro paso hacia el perro. Dio un paso más, y otro, y extendió los brazos para cogerlo. Justo antes de que sus dedos se cerraran alrededor del cuello del perro, el animalito se volvió, se escabulló por entre los brazos del señor Malt, y corrió hacia el otro lado de la habitación.

El señor Malt corrió hacia un lado. La señora Malt corrió hacia otro. Tim se quedó en el centro de la habitación con una sonrisita en la cara.

El señor y la señora Malt persiguieron al perro por toda la habitación. El perro saltó sobre el sofá, se metió bajo una silla y saltó sobre el mueblecito. Allá a donde iba, el señor y la señora Malt lo perseguían con los brazos extendidos. Cuando el perro saltó del mueblecito al sofá, su cola chocó con el jarrón chino azul.

El jarrón se tambaleó.

El señor Malt dejó de correr y miró el jarrón. La señora Malt miró el jarrón. Tim miró el jarrón. El perro miró el jarrón.

El jarrón se tambaleó.

Y se tambaleó.

Y se tambaleó.

Y se cayó.

El señor Malt dio un salto en un intento de coger el

jarrón con las dos manos, pero fue demasiado lento. El jarrón se desplomó en el suelo y se hizo trizas.

—Oh, Dios mío —dijo la señora Malt—. ¿Qué es eso? —señaló.

En el centro de las piezas del jarrón destrozado, había algo rosa y blanco.

—No lo sé —contestó el señor Malt. Parpadeó, y observó el bultito blanco y rosa—. Parece una chuleta de cerdo.

—¿Una chuleta de cerdo?

Antes de que ninguno de los dos pudiera decir otra palabra, el perro saltó, dio una dentellada, y salió de la habitación llevándose la chuleta de cerdo en la boca.

La señora Malt se dio media vuelta, y miró a Tim.

—Por tu propio bien, Timothy, espero que tengas una buena explicación, pero que muy buena, para todo esto.

Tim miró a su padre con la boca abierta, pero no fue capaz de decir ni una palabra.

3

Mandaron a Tim a su habitación, sin cenar. Lo castigaron un mes sin paga. Le confiscaron el ordenador. Le prohibieron jugar con el simulador de helicópteros. Tim se sentó en la cama, hambriento, triste y sintiéndose muy apenado.

¿Y el perro?

El señor Malt buscó por toda la casa, habitación por habitación, planta por planta. Cuando llegó al cuarto de invitados, encontró al perro tendido en la cama, justo en medio de la colcha de seda rosa, acabando con los restos de la chuleta. Al ver al señor Malt, el perro se lamió el hocico y agitó la cola. La cara del señor Malt se puso roja brillante y pareció que los ojos le iban a saltar de las órbitas.

—¡MELANIE! —gritó—. ¡MELANIE! ¡MELANIE!

El nombre de pila de la señora Malt, como habréis deducido, era Melanie.

La señora Malt subió corriendo las escaleras, y entró en tromba en la habitación de invitados. Llevaba un delantal y unos largos guantes amarillos de goma. Agarró al perro con las dos manos. El perro no la mordió... aunque podría haberlo hecho si hubiera querido.

La señora Malt salió de la casa agarrando al perro con ambas manos, y lo arrojó a la calle. El perro rodó tres o cuatro veces, chocó con una farola y se quedó despatarrado en la acera, inmóvil. Sin volver a mirarlo, la señora Malt entró en la casa y cerró la puerta de golpe.

4

En una ocasión, Tim llegó a volar en un helicóptero de verdad.

David, un amigo de su padre, tenía un JetRanger Bell 206. Un domingo por la tarde, fueron a dar una vuelta. Para Tim, ése fue probablemente el mejor día de su vida. Se sentó delante, y observó todo lo que hacía David. Gracias a los juegos de su ordenador, Tim estaba seguro de saber exactamente cómo pilotar el helicóptero. Trató de convencer a David para que le dejara intentarlo, pero David se echó a reír.

—Tal vez cuando seas mayor —dijo.

Ésa es una de las ventajas de tener padres que dedican tanto tiempo al trabajo que nunca los ves: sus amigos son muy ricos, así que tienen cosas chulis como helicópteros y lanchas motoras. Naturalmente, nunca ves a tus padres, porque siempre están trabajando. Te pasas más tiempo con tu juego de simulador de helicópteros que con tu madre o con tu padre. Pero a Tim no le importaba. Puestos a elegir, prefería su juego de simulación de helicópteros a su madre o su padre.

Permaneció acostado en la cama y se preguntó si sería posible cambiar a sus padres por un ordenador nuevo.

La verdad es que se habría contentado con cambiarlos por un ordenador viejo.

Estuvo acostado en la cama mucho tiempo, pero no pudo dormir. Estaba deprimido, hambriento y enfadado, y los pensamientos no paraban de darle vueltas por la cabeza.

Pensó en el mes de paga que no recibiría. Pensó en todo el tiempo que no podría usar su ordenador y en el programa de simulación de helicópteros con el que no podría jugar. Pensó en su estómago vacío y en el hecho de que no había cenado nada. Recordó al perro.

«Debería estar enfadado con el perro —pensó Tim—. Todo esto es culpa suya. Si no fuera por él, ahora tendría la barriga llena, y me habría pasado toda la noche jugando con mi juego nuevo.»

Pero por algún motivo que no entendía, Tim no estaba enfadado con el perro.

Se levantó de la cama y se acercó a la ventana. Descorrió las cortinas y se asomó.

Vio al perro abajo en la calle. Estaba tendido en la acera, justo delante de la casa. No se movía. Tim supuso que estaba dormido. Entonces las nubes se movieron y desvelaron la luna, que iluminó la calle. Bajo su radiante luz, Tim pudo ver que los ojos del perro brillaban. Estaban abiertos.

Tim levantó la mano y saludó. Pero el perro no reaccionó.

5

El señor Malt trabajaba como corredor de seguros. La señora Malt trabajaba como asesora financiera especializada en opas corporativas. Si no sabéis lo que significan esas palabras, no importa. No os lo voy a explicar, porque estoy convencido de que con mis explicaciones no tardaríais ni dos minutos en quedaros dormidos. Y probablemente yo también me quedaría dormido.

Si sus empleos eran tan aburridos, ¿por qué les dedicaban tanto tiempo? La respuesta es sencilla: dinero. Dinero, dinero, dinero. El señor y la señora Malt habrían estado dispuestos a trabajar veinticuatro horas al día por las enormes sumas que ganaban. Si hubieran podido, habrían trabajado veinticinco.

Todos los días de la semana, el señor y la señora Malt se turnaban para llevar a Tim al cole. Esa mañana, le tocaba al señor Malt. La señora Malt ya se había marchado al trabajo. Le gustaba llegar a la oficina antes que sus colegas para demostrarles que trabajaba más que ninguno de ellos.

Tim y su padre salieron de la casa. Tim llevaba su mochila. El señor Malt llevaba su maletín. Caminaron por la calle hasta el Lexus del señor Malt. Allí, tendido en la acera junto al coche, estaba el perro. Se sentó y meneó la cola. Cuando Tim le dijo hola, el señor Malt exclamó:

—No hay tiempo para eso. Vamos, vamos. Tenemos que estar en el colegio exactamente dentro de dieciocho minutos.

—Pero papá... —dijo Tim, que sólo quería acariciarle la cabeza al perro.

—No. ¡Sube al coche! Nos marchamos ahora mismo.

Subieron al coche. El perro se quedó sentado en la acera, con la cabeza ladeada, mirándolos. Tim se asomó a la ventanilla trasera y miró al perro. El señor Malt puso el coche en marcha. Se dirigieron al final de la calle, y tomaron la calle principal, donde se quedaron atascados tras el Ford Fiesta amarillo de una señora mayor, que conducía extremadamente despacio. El señor Malt miró el reloj del salpicadero.

—Vamos, vamos —murmuró entre dientes.

En su Ford Fiesta amarillo, la señora mayor no podía oírlo. Aunque el señor Malt hubiera gritado con todas sus fuerzas, la señora mayor no lo habría oído. Estaba escuchando la *Segunda Sinfonía* de Beethoven en la radio, y tenía el volumen al máximo. La señora mayor tarareaba para sí, tamborileaba con los dedos sobre el volante y avanzaba a treinta kilómetros por hora.

—Vamos, vamos —murmuró el señor Malt—. ¿Cree que tenemos todo el día?

Si había algo que el señor Malt odiara, era llegar tarde. Si había otra cosa que el señor Malt odiara, era quedarse atascado detrás de señoras mayores que conducían exactamente a la mitad del límite de velocidad.

—Si sigue allí esta noche, ¿qué vamos a hacer? —preguntó Tim.

—¿Quién? ¿La idiota del Ford Fiesta?

—No, papá. El perro.

—No estará.

—Pero ¿y si está?

—Entonces lo llevaremos a la policía. Eso es lo que hay que hacer con los perros perdidos.

Tim se lo pensó un momento.

—¿No estaría bien tener un perro?

—No —dijo el señor Malt—. No lo estaría.

Pisó a fondo el acelerador y adelantó a la señora mayor, dejando atrás el Ford Fiesta amarillo en medio de una nube de humo negro.

6

En el colegio, Tim no pudo dejar de pensar en el perro. Soportó las clases, haciendo garabatos y distraído. Se preguntaba quién sería el dueño del perro. Trató de imaginar qué le habría sucedido. ¿Lo habrían perdido? ¿Lo habrían abandonado? ¿Lo habrían olvidado? ¿Lo estarían buscando?

A veces en los árboles del parque había pegados carteles en los que se describían perros perdidos y se pedía ayuda para encontrarlos.

Tim se preguntó si debería ir al parque y leer todos los carteles.

Tal vez encontraría una foto del perrito blanco y negro, y una nota como ésta:

¿Han visto a nuestra perra?

Es una perrita blanca y negra con ojos negros y una cola que nunca deja de menear. Es amistosa y cariñosa. La echamos mucho de menos.

Daremos una GRAN RECOMPENSA por su regreso.

¡Si la encuentran, o la ven, por favor, llámennos!

Tim advirtió que no quería encontrar ningún cartel con una foto del perro. ¿Por qué no? Porque, en el fondo, esperaba que los dueños del perro no aparecieran nunca. De esa forma, podría quedarse con él.

Por la tarde, cuando volvía a casa del colegio, Tim vio que el perro no se había movido. Estaba tumbado exactamente en el mismo sitio, delante de la casa. Cuando lo vio, el perro se puso en pie de un salto y empezó a agitar la cola.

—Hola, *Perro* —dijo Tim. Deseó conocer el nombre del perro. Le parecía un poco estúpido llamarlo *Perro*. Pero ¿de qué otra forma podía llamarlo? Trató de pensar en un buen nombre. ¿Qué tal *Manchita*? ¿O *Negrito*? ¿O *Canelo*? No, ninguno de esos nombres parecía adecuado. Tim decidió que lo llamaría solamente *Perro*—. Muy bien, *Perro* —dijo—. ¿Tienes hambre?

El perro alzó las orejas. Era extraño: aunque Tim sabía que los perros no podían entender el lenguaje humano, este perro parecía comprender lo que le decía.

—Espera aquí —dijo—. Voy a traerte algo de comer.

Al igual que el día anterior, Tim sabía que no le permitían meter al perro en la casa. Hoy sabía además lo rápido que podía moverse el perro. Así que, antes de abrir la puerta, se volvió y le dijo:

—Quédate aquí, ¿de acuerdo? No entres en la casa. ¿Entendido? De lo contrario, los dos nos meteremos en problemas y... bueno, las cosas se pondrán desagradables. ¿Lo comprendes?

Por respuesta, el perro agitó la cola. Sin embargo, Tim tuvo la impresión de que comprendía lo que le había dicho.

Tim abrió la puerta y entró en la casa. El perro ni siquiera intentó seguirlo.

Tim entró en la cocina, abrió el frigorífico y le dio un vistazo a toda la comida. Entonces se dio cuenta de algo: no sabía qué es lo que comen los perros. Nunca había tenido perro. Nunca había tenido ningún tipo de animal como mascota. No podía preguntarle al perro qué quería comer; aunque el perro comprendiera lo que le decía, no podía hablar. ¿Qué hacer entonces? ¿Qué podía darle de comer? Pensó un rato, luego decidió que la respuesta era sencilla: le daría al perro exactamente lo que habría elegido para sí mismo si no hubiera comido en todo el día.

Sacó del frigorífico un trozo de queso cheddar, tres lonchas de jamón y un tarro de mermelada. Encontró un paquete de galletas de chocolate en un mueble y una lata de limonada en otro. Cogió dos rebanadas de pan blanco de la panera y un paquete de ganchitos de la alacena de la cocina. Cogió una cuchara y un plato, lo puso todo en una bandeja y lo llevó fuera.

El perro estaba esperando. Tim cerró la puerta, se sentó y extendió sobre la acera la comida para el perro: el pan, el jamón, los ganchitos, el queso y las galletas de chocolate, más una cucharada de mermelada y un poco de limonada en un plato.

—Ahí tienes, *Perro* —dijo Tim—. Come lo que quieras.

El perro lo miró durante un rato, como si estuviera comprobando que hablaba en serio. Parecía estar diciendo: «¿Para mí? Si como eso, ¿me prometes que no me pegarás ni me darás una patada ni me gritarás?»

—Lo prometo —dijo Tim. Lo dijo en voz alta, aunque eso le hizo sentirse un poco tonto; después de todo, el perro no había dicho ni una sola palabra. Sin embargo, Tim tuvo la sensación de que el perro y él se comprendían muy bien—. Todo es para ti —insistió—. Vamos. Come.

El perro se lamió el hocico, y empezó a comer. Se comió el pan, el jamón, el queso, los ganchitos, las galletas de chocolate y la mermelada, y luego se bebió la limonada. Cuando hubieron desaparecido hasta la última gota y la última migaja, el perro dio tres vueltas, se tumbó en la acera y miró a Tim con expresión de eterna gratitud.

—Espera aquí —dijo Tim. Se metió corriendo en casa y subió a su dormitorio, donde cogió un libro que quería leer. Luego bajó corriendo las escaleras y se sentó en la acera junto al perro. Tim abrió el libro y empezó a leer. El perro cerró los ojos y se quedó dormido.

A las siete y media de la tarde, cuando la señora Malt volvió a casa del trabajo, encontró a Tim y al perro sentados en la acera ante la casa.

—¿Qué estás haciendo? —preguntó la señora Malt a Tim.

—Leer —dijo Tim. Iba por la mitad del libro.

—¡No deberías estar aquí sentado! Te resfriarás.

—Sí, mamá.

—Pues venga, a casa —dijo la señora Malt.

—Sí, mamá. —Tim se levantó—. ¿Y *Perro*?

—¿Qué pasa con él?

—¿Puede entrar?

—No. Por supuesto que no.

—¿Por qué no?

—Porque no tenemos perros en casa.

—Pero...

—Nada de peros —dijo la señora Malt. Abrió la puerta y metió a Tim en casa. Antes de que su madre cerrara, Tim le echó una última mirada al perro, que estaba de pie en la acera, observándolo con sus ojitos negros.

Esa noche, como era viernes, los miembros de la familia Malt encargaban algo de comida y cenaban juntos. Todos los viernes por la noche, Tim podía elegir entre pedir la cena al Pato Pekín, el Taj Mahal o la Pizzería de Mario. Cuando el señor Malt regresó a casa del trabajo, la señora Malt cogió el teléfono, y le dijo a Tim:

—¿Qué quieres? ¿Chino? ¿Indio? ¿Italiano?

—¿Qué crees que le gustará más al perro?

La señora Malt miró a su marido y puso los ojos en blanco.

—Tal vez deberías elegir lo que tú quieres —dijo el señor Malt—. No lo que querría el perro.

—Pero yo puedo elegir todos los viernes. Además, tengo una casa bonita y cálida donde vivir, y una cama caliente donde dormir. El perro no tiene nada.

—Sí, pero los perros son felices con menos —dijo la señora Malt.

—¿Cómo lo sabes?

La señora Malt no pudo responder a esa pregunta, porque no tenía ni idea de qué hace felices a los perros.

—Ya basta de preguntas —dijo—. ¿Qué quieres cenar? Si no eliges tú, lo haré yo.

—Pizza —respondió Tim. Pensaba que al perro probablemente le gustaría más la pizza que el curry o los tallarines.

—Bien —dijo la señora Malt. Marcó el número e inmediatamente una alegre voz respondió:

—*Buona sera*!

(Por si no lo sabéis, *buona sera* significa «buenas tardes» en italiano.)

—Aquí la Pizzería de Mario, los creadores de la mejor pizza de masa gruesa de toda Inglaterra. ¿En qué puedo servirle?

—Una cuatro estaciones y una napolitana —dijo la señora Malt.

—¿Quiere acompañarlas con pan de ajo?

—Sí, por favor. Tres.

—Tres panes de ajo, una cuatro estaciones, una napolitana. ¿Todo bien?

—Gracias —dijo la señora Malt—. Muy bien.

Mientras la señora Malt pedía la pizza, el señor Malt se sentó a la mesa con Tim, y mantuvo con él una conversación breve, pero seria.

—Sabes que no podemos quedarnos con el perro —dijo.

—¿Por qué no?

—Porque no nos pertenece. En algún lugar, sus verdaderos dueños estarán buscándolo. Imagina que fueras el dueño de ese perro. ¿No te entristecería si se lo quedara otra persona?

—Sí —respondió Tim. Pensó un momento—. Pero me entristecería aún más saber que mi perro está durmiendo en la calle.

—Tal vez no duerma en la calle esta noche —dijo el señor Malt—. Tal vez encuentre el camino a su casa.

—¿Y si no lo encuentra?

—Esperemos a ver.

—Muy bien —dijo Tim—. Pero ¿y si no lo encuentra? ¿Y si sigue ahí mañana? ¿Qué haremos entonces?

—Si sigue ahí, lo llevaremos a la comisaría —dijo el señor Malt—. Ellos encontrarán a su dueño. ¿De acuerdo?

Tim asintió.

—De acuerdo.

Más tarde, Tim le llevó al perro una porción de pizza. Tim se arrodilló junto al perro, que estaba todavía sentado en la acera, y le dio de comer. Cuando terminó, el perro le lamió la mano.

El señor y la señora Malt estaban mirándolos por la ventana.

—¿Qué vamos a hacer? —dijo la señora Malt.

El señor Malt se encogió de hombros.

—Podría ser divertido.

—¿Qué quieres decir? ¿Qué podría ser divertido?

—Tener un perro —dijo el señor Malt.

—Oh, no. Ni hablar.

—Podríamos quedárnoslo una semana o dos. ¿No? Hasta que lleguen sus dueños.

La señora Malt negó con la cabeza.

—Terence, ¿sabes cómo se deletrea «perro»?

—Claro que sí.

—Pues yo no estoy tan segura.

El señor Malt miró a su esposa. ¿Se había vuelto loca?

—Hay muchas cosas que no sé, pero deletrear «perro» no es una de ellas.

—Venga, adelante.

El señor Malt se encogió de hombros.

—Muy bien, querida. «Perro» se deletrea así: P-E-R-R-O.

—Pues no —dijo la señora Malt—. «Perro» se deletrea así: D-I-V-O-R-C-I-O.

El señor Malt asintió. Ahora comprendía exactamente lo que estaba diciendo su esposa.

—Si el perro sigue allí por la mañana, lo llevaremos a la comisaría.

—Gracias, Terence —dijo la señora Malt. Se inclinó hacia delante y le dio a su esposo un besito en la mejilla.

7

Por la mañana, el perro seguía allí. Había dormido en la acera, delante de la casa.

Al señor y a la señora Malt no les hacía ninguna gracia tener que pasar la mañana del sábado llevando a un perro extraviado a la comisaría, pero habían hecho una promesa, y no eran de ese tipo de personas que rompen sus promesas. Antes de marcharse, tuvieron una breve discusión acerca de con qué coche ir. El señor Malt pensaba que deberían usar el Volvo de la señora Malt. La señora Malt insistió en que llevaran el Lexus del señor Malt. Ninguno de los dos quería que las sucias patas del perro estropearan sus caros asientos de cuero. Al final, la señora Malt ganó la discusión, como solía ocurrir siempre. Tim subió al asiento trasero del Lexus, y le abrió la puerta al perro.

—Vamos, sube.

El perro subió al coche de un salto y se tumbó en el asiento trasero, que el señor Malt había cubierto ya con una gruesa manta de lana.

Se dirigieron a la comisaría de policía local, un gran edificio de ladrillo rojo en la calle principal. El señor Malt aparcó el coche, y los cuatro entraron en la comisaría. Había una cola de personas que esperaban para hablar con un policía tras un mostrador. Cada pocos minutos, la cola avanzaba. Tardaron mucho rato. La señora Malt se impacientó. Cuando por fin llegaron al frente de la cola, el policía dio un golpecito con el lápiz sobre la mesa y dijo:

—Hola. ¿En qué puedo ayudarles?

—¿Se da usted cuenta de que llevamos treinta y siete minutos esperando? —replicó el señor Malt.

—Lo siento, señor. Hoy estamos muy atareados. ¿En qué puedo ayudarles?

—Treinta y siete minutos —dijo el señor Malt—. Es intolerable.

—Como decía, señor, lo siento mucho. ¿En qué puedo ayudarles?

Tim sonrió al policía.

—Es este perro. Lo he encontrado. ¿Ha denunciado alguien la pérdida de un perro?

El policía se asomó por encima del mostrador y miró al perro.

—¿Ese perro?

—Sí —dijo Tim.

El perro agitó la cola, sabiendo que era el centro de atención.

—¿A quién pertenece? —preguntó el policía.

—No lo sabemos —respondió Tim—. Si lo supiéramos, no estaría perdido, ¿no?

—No hace falta dárselas de listo —dijo el policía.

—Lo siento —contestó Tim.

El policía señaló al perro.

—¿Tiene chapa? En el collar.

—No lo sé —dijo Tim. Miró a sus padres. Ambos se encogieron de hombros y admitieron que no se habían molestado en mirar.

—Tal vez deberían haberlo comprobado —dijo el policía. Tenía una sonrisita en la cara, como si estuviera pensando: «¿Quién es el listo ahora?»

Tim se arrodilló y echó un vistazo.

—¡Sí!

El perro llevaba un fino collar rojo sujeto en el cuello, y, colgando del collar, Tim vio una chapa plateada. Había algunas palabras grabadas en la chapa.

—¿Y bien? ¿Qué dice? —preguntó el policía.

Tim se inclinó hacia delante y leyó lo que había escrito en la chapa.

—*Nominava Grk. Schl jel trj, jet per flicz da 23 Rudolph Gardens, Kensington, Londres SW7.*

—Eso no parece nuestro idioma —dijo el policía—. ¿Hay algo en el otro lado?

Tim le dio la vuelta a la chapa. Había más palabras grabadas, pero esta vez estaban en inglés.

—Debe de ser la traducción —dijo, y a continuación leyó en voz alta—: Me llamo Grk. Si me encuentran, por favor, devuélvanme al 23 de Rudolph Gardens, Kensington, Londres SW7. —Tim miró al perro y le preguntó—: ¿Ése es tu nombre? ¿Grk?

Al oír su nombre, el perro agitó la cola furiosamente y empezó a ladrar. «¡Guau guau! ¡Guau guau!»

—Hola, Grk —dijo Tim.

«Guau guau», replicó Grk.

Tim miró a sus padres.

—Ahora sabemos su nombre.

—Grk —dijo el policía—. Y es un macho.

La señora Malt se sorprendió.

—¿Cómo lo sabe?

—Tengo mis métodos, señora.

—Fascinante —dijo la señora Malt—. Bueno, Tim, hemos aprendido mucho, ¿verdad? Sabemos el nombre del perro. Sabemos que es chico. Y sabemos dónde vive. Así que será mejor que le digas adiós, porque este amable policía lo llevará con sus dueños.

—Eso es —dijo el policía—. Lo llevaré abajo.

Tim se sintió terriblemente decepcionado. Le entraron ganas de echarse a llorar. Pero tenía doce años y sabía que los chicos no lloran. Así que acarició al perro por última vez tras las orejas.

—Adiós, Grk —susurró—. Que te vaya bien.

Grk sacó su lengüecita rosa y lamió la mano de Tim.

Tim miró al policía, preguntándose por lo último que había dicho.

—¿Por qué va a llevarlo abajo?

—Es donde están las jaulas. Se quedará allí hasta que encontremos a alguien que lo lleve a casa.

—¿Cuánto tiempo tardará?

—No mucho. Un día o dos. Tres como máximo. Como ya habrás advertido, tenemos mucho trabajo.

Tim se horrorizó. ¡Tres días! Miró a sus padres.

—Oh, no —dijo la señora Malt—. No, no, no. Ni hablar.

Diez minutos más tarde, recorrían las calles de Londres en coche. En el asiento trasero, Grk apoyaba la cabeza en la pierna de Tim. Ambos miraban por la ventanilla. De vez en cuando, Tim colocaba la mano en el cuello de Grk, encontraba el collar, y leía de nuevo la dirección, sólo para asegurarse de que la había entendido bien. Rudolph Gardens, Kensington, Londres SW7. Según el policía, no estaba lejos. A veinte minutos en coche. Tal vez media hora, dependiendo del tráfico.

Tim le dio la vuelta al collar de Grk, y miró el extraño texto del otro lado. Silabeó las palabras al leerlas: «*Nominava Grk. Schl jel trj, jet per flicz da 23 Rudolph Gardens, Kensington, Londres SW7.*» ¿Qué idioma era ése? ¿Qué clase de personas hablaba así?

Tim acarició a Grk tras las orejas y luego se inclinó hacia delante y le susurró:

—¿De dónde eres, Grk? ¿Qué idioma hablas?

Grk no respondió.

8

El cabo Danko Pinot se enroló en el Ejército estanislavo cuando tenía dieciocho años. «Verás el mundo», le dijeron. «Conocerás la aventura», le dijeron. «Viajarás», le dijeron. Pero no hizo nada de eso. Sólo vio el interior de un barracón, y luego el interior de otro.

Cuando lo destinaron a Londres, pensó que las cosas mejorarían. Al fin, pensó, podría ver el mundo. Pero no fue así. Lo que vio fue la fachada de la embajada estanislava en Kensington, donde tenía que montar guardia doce horas al día, vestido con un uniforme negro y una gorra. Su trabajo era ahuyentar a ladrones y terroristas, pero nunca apareció un solo ladrón o terrorista al que ahuyentar. Principalmente se dedicaba a leer el periódico. Se hizo amigo del cartero, del lechero, de las señoras de la limpieza y de los demás guardias que trabajaban en los otros grandes edificios que flanqueaban Rudolph Gardens.

Cuando la familia Raffifi vivía en la casa, las cosas

iban mejor. Los Raffifi eran amistosos, y tenían dos hijos magníficos, Natascha y Max. El embajador, Gabriel Raffifi, siempre se acordaba de los cumpleaños de sus guardias, y les mandaba una caja de cerveza de regalo. La señora Raffifi hizo amistad con las esposas de los guardias que en Londres se aburrían aún más que sus maridos, y estaban aún más deprimidas que ellos por la comida y el clima ingleses. Por las mañanas, cuando Max y Natascha salían corriendo de la casa para ir al colegio, tarde como de costumbre, siempre encontraban tiempo para decirles algo agradable a los guardias.

El régimen en Estanislavia había cambiado hacía dos semanas. La familia Raffifi fue arrestada por el servicio secreto. Cuando eso sucedió, el cabo Pinot no le dijo nada a nadie, ni siquiera a su esposa. Si trabajabas para el Ejército, tu trabajo era sencillo: mantenías la boca cerrada y protegías los intereses de tu país. No te pagaban para tener opiniones sobre quién dirigía el país, ni sobre quién debería hacerlo.

Pero no podía dejar de lamentarlo por la familia Raffifi. Eran muy simpáticos. Sobre todo los chicos. Cuando los arrestaron, supo que su trabajo iría a peor. El siguiente embajador estanislavo no le mandaría una caja de cerveza por su cumpleaños. La esposa del siguiente embajador estanislavo no haría amistad con su esposa. Si el siguiente embajador estanislavo tenía hijos, no serían tan encantadores y amistosos como Max y Natascha Raffifi y, desde luego, no tendrían un perro tan bonito como Grk.

Probablemente os estaréis preguntando por qué os hablo del cabo Pinot. ¿Qué tiene eso que ver con la historia? ¿Qué importa lo que pensara de su trabajo, o de los Raffifi, o de nadie?

La cuestión es que si no entendéis al cabo Pinot, no entendéis lo que pasó a continuación. Y si no entendéis lo que pasó a continuación, entonces nada tendrá sentido.

Era un sábado por la mañana, unos pocos días después de que arrestaran a los miembros de la familia Raffifi y los sacaran a todos de la embajada estanislava. Como cada día, el cabo Pinot montaba guardia ante la embajada, contemplando la calle con los ojos muy abiertos, atento a cualquier personaje sospechoso.

Rudolph Gardens era una calle corta y, ante la mayoría de sus enormes casas blancas, ondeaba una bandera en lo alto de un largo mástil, y uno o dos guardias de seguridad uniformados vigilaban la calle. El cabo Pinot los conocía a casi todos. Los lunes por la noche veía el fútbol con Olaf y Sven, de la embajada sueca. Todos los fines de semana, compartía algunas patatas fritas y un vaso de cerveza con Pierre, el guardia de la embajada belga. Una vez, jugó al póquer con Rafael y Carlitos, de la embajada argentina, pero le ganaron tanto dinero que nunca volvió a jugar con ellos.

Un coche recorrió lentamente la calle y se detuvo ante la embajada de Estanislavia.

El cabo Pinot se quedó mirando el coche. A través del parabrisas pudo ver a un hombre y una mujer en la parte delantera, y a un niño pequeño detrás. No parecían terroristas ni ladrones, pero al cabo Pinot le habían enseñado a recelar de todo el mundo. Como solían decir los profesores en la academia militar: «Si estáis preparados para lo peor, entonces normalmente os llevaréis una sorpresa agradable.» El cabo Pinot se acercó al coche, y llamó a la ventanilla del conductor.

Dentro del coche, el conductor pulsó un botón, y la ventanilla bajó.

—Buenos días —dijo el conductor.

—No se puede aparcar —informó el cabo Pinot. Hablaba inglés con un fuerte acento extranjero, y su gramática era en ocasiones inadecuada—. Es prohibido.

—No tardaremos mucho —dijo el conductor—. Tenemos que ver a alguien.

—¿Para qué?

—Hemos encontrado a un perro. Un perro perdido. Ésta es la dirección que llevaba escrita en el collar. —El conductor señaló al 23 de Rudolph Gardens.

—¿Un perro? ¿Qué perro?

En ese momento, el niño se asomó entre los dos asientos delanteros.

—Se llama Grk —dijo.

—¿Grk? —preguntó el cabo Pinot.

—Sí —contestó el niño—. Grk.

—¿Has encontrado a Grk?

—Sí. ¿Por qué? ¿Lo conoce?

—Claro que lo conozco. Es muy buen perro.

—¿A quién pertenece?

Antes de responder a la pregunta, el cabo Pinot se enderezó y miró a su alrededor. Quería comprobar que no hubiera nadie mirando, y que nadie pudiera oír lo que iba a decir. Entonces se agachó de nuevo, se asomó a la ventanilla y dijo en un susurro:

—Llévatelo de este lugar, por favor.

El niño se sorprendió.

—¿Por qué?

—Si se queda, lo matarán.

Los tres miembros de la familia Malt se sorprendieron (como ya habréis deducido, los ocupantes del coche eran el señor y la señora Malt, Tim y Grk).

—¿Lo matarán? —dijo el señor Malt—. ¿Quién querría matarlo?

—No puedo decirlo —replicó el cabo Pinot.

—Esto es ridículo —estalló el señor Malt—. ¿Quién iba a querer matar a un perrito?

—De acuerdo, de acuerdo, se lo diré —dijo el cabo Pinot—. Grk pertenecía a la hija de un hombre que vivía aquí. Era una niña pequeña. De tu edad —susurró el cabo Pinot mientras miraba a Tim—. Sí, sí, tu edad. Se llamaba Natascha.

En cuanto el cabo Pinot pronunció el nombre de

Natascha, sonó un fuerte ladrido en el asiento de atrás. «¡Guau guau! ¡Guau guau!» Grk se emocionó tanto al oír el nombre de su dueña que no pudo dejar de dar saltos en el asiento, mientras agitaba frenéticamente la cola. Ladró con fuerza. «¡Guau guau! ¡Guau guau!» Sus ladridos parecían estar diciendo: «¡Estoy aquí! ¡Estoy aquí!»

Pero no hubo ninguna respuesta. Natascha no vino corriendo a recibirlo, como hacía normalmente cuando ladraba. Grk pareció extrañado. Ladró otra vez. «¿Guau guau? ¿Guau guau?» Esta vez sus ladridos parecían estar diciendo: «¿Dónde estás? ¿Dónde estás?»

Al oír los fuertes ladridos, el cabo Pinot pareció aterrorizarse.

—Debes llevártelo de aquí. Por favor.

—Pero ¿dónde está ella? —dijo Tim—. ¿La niña que es su dueña?

—No puedo decirlo —respondió el cabo Pinot—. Me meteré en problemas.

—¿Con quién? —preguntó el señor Malt.

—Con mi jefe. Con mi gobierno.

El señor Malt abrió la boca. Antes de que pudiera decir otra palabra, el cabo Pinot se enderezó. Por el rabillo del ojo, había visto movimiento a su espalda. El cabo Pinot golpeó con los nudillos el parabrisas, y dijo:

—Circulen, por favor. Circulen.

El señor Malt se quedó de una pieza, pero hizo lo que

pedía. Puso el coche en marcha y aceleró Rudolph Gardens abajo.

El cabo Pinot se quedó allí de pie, mirando el coche, hasta que se dio cuenta de que había alguien a su lado. Se dio media vuelta, y vio al nuevo embajador, que acababa de llegar de Estanislavia. Inmediatamente, el cabo Pinot saludó.

—¡Buenos días, señor!

—Buenos días, cabo —respondió el embajador—. ¿Quién había en ese coche?

—Unos turistas —contestó el cabo Pinot—. Se habían perdido. Preguntaron el camino del palacio de Buckingham.

—¿Se lo ha indicado?

—Sí, señor.

—Excelente. —El embajador asintió—. Continúe con el buen trabajo.

—Sí, señor —dijo el cabo Pinot, y volvió a saludar.

9

Cuando la familia Malt regresó a su casa, Tim se sentó en la acera con Grk durante diez minutos y le acarició la cabeza y lo miró a los ojos, negros y suaves.

—Lo siento —susurró Tim—. No quieren dejarte entrar. Pero voy a traerte algo de pan. Y un cuenco de agua. ¿Te gustaría?

Grk parpadeó con sus ojos brillantes, ladeó la cabeza y golpeó la cola contra la acera. Tim supuso que eso significaba que sí. Así que entró en la casa, cogió un poco de pan, un trozo de beicon y un cuenco de agua. Lo llevó todo fuera y se lo dio a Grk, que, tras comerse el beicon de un bocado y el pan de otro, empezó a lamer el agua.

—Entra —le dijo el señor Malt a Tim—. Es hora de almorzar. Y, antes de que lo preguntes, la respuesta es no.

Pero Tim ni siquiera iba a molestarse en preguntarlo. Dejó a Grk fuera y siguió a su padre al interior de la casa.

—Me he acordado de una cosa de la chica que es dueña de ese perro —dijo el señor Malt después de cerrar la puerta—. ¿Cómo dijo el guardia que se llamaba?

—Natascha —dijo Tim.

—Natascha, eso es. Bueno, creo que debe de ser la hija del embajador. Vivían en la embajada. Lo leí en el *Telegraph.* Son de un país que tiene un nombre muy raro y en el que la situación política ha cambiado. Deben de haberlos llamado de vuelta a casa. Es lo que pasa cuando eres embajador.

Tim pensó en lo que decía su padre. No tenía sentido.

—Pero ¿por qué dejaron al perro?

—Tal vez no les gustaba. Tal vez querían irse a casa sin él.

Tim negó con la cabeza. No sonaba bien. Si pasabas algo de tiempo con Grk, sabías que sus dueños no podían ser horribles. Las personas horribles tienen perros horribles. Grk era cariñoso, amable y bueno. Por tanto, sus dueños debían de ser cariñosos, amables y buenos... No el tipo de gente que arroja a su perro a la calle.

—Vamos —dijo el señor Malt—. Lo buscaremos en Internet.

Subieron al estudio del señor Malt: estaba en el desván y era una habitación pequeña con una mesa, un fax, un ordenador y un teléfono. Cuando el señor Malt trabajaba los fines de semana (cosa que hacía normalmente), se encerraba en aquella habitación sin ventanas. Durante el verano, el aire se enrarecía y se calentaba, pero al señor Malt no le importaba. Incluso cuando brillaba el sol, prefería quedarse sentado en su estudio mirando su ordenador. Eso explicaba por qué era tan rico. Pero también explicaba por qué su piel era tan pálida y por qué hacía aquel horrible sonido sibilante cuando subía las escaleras.

Bueno, ya está bien de hablar de la salud del señor Malt. Es problema suyo, no nuestro. Su ordenador es lo único que nos importa. Tim y el señor Malt subieron las escaleras y entraron en el estudio. El señor Malt se sentó ante su mesa, encendió el ordenador y se conectó a Internet. Tecleó algo en el buscador y pulsó ENTER. El señor Malt tenía una conexión superrápida a Internet, porque no le gustaba esperar por nada. Le gustaba que las cosas sucedieran ahora mismo.

—Ahí lo tienes —dijo después de dos segundos—. Ésa es la dueña del perro —señaló la pantalla.

En la web de la BBC, el señor Malt encontró una página con las noticias de la semana anterior. En un país llamado Estanislavia había cambiado el gobierno. El presidente había sido arrestado, y el comandante en jefe del ejército y las fuerzas aéreas había tomado el control del país. Los embajadores de Estanislavia de todo el mundo habían sido llamados a casa. El señor Malt giró en la silla y le sonrió a su hijo.

—Bueno, ya está.

—¿Ya está qué? —dijo Tim.

—Eso explica por qué el perro estaba vagabundeando por las calles de Londres. Sus dueños están a cientos de kilómetros de distancia. Han vuelto a su país. ¿Cómo se llama? —preguntó el señor Malt mirando la pantalla—. Ah, Estanislavia, eso es. Qué palabra tan extraña, ¿verdad?

Tim no respondió. Estaba pensando en Grk, y preguntándose si el pobre perrito volvería a ver a sus amos alguna vez. Sus amos debían de ser buena gente. No lo habrían dejado ahí sin razón alguna.

—¿Dónde está Estanislavia?

—Muy lejos de aquí —respondió el señor Malt.

—¿Dónde?

—Cerca de Rusia.

—Pero ¿dónde?

—Ya basta —dijo el señor Malt—. Deja de acosarme a preguntas.

Se dio la vuelta y se puso a mirar su ordenador, como si Tim ni siquiera estuviese en la habitación.

Lo cierto es que el señor Malt no tenía ni la menor idea de dónde estaba Estanislavia. Pero no iba a admitirlo. Al señor Malt nunca le gustaba admitir que no sabía la respuesta a una pregunta.

El resto de ese día fue como un sábado normal para Tim: su padre se quedó en el piso de arriba, trabajando, y su madre en el piso de abajo, trabajando, y Tim se puso a dar vueltas por la casa, aburrido. Leyó un libro y vio un poco la tele. A veces, pensaba que su vida sería más interesante si tuviera hermanos. Al menos tendría a alguien con quien hablar.

Hacía un año o dos le había preguntado a su madre por qué no tenía hermanos.

—Porque un niño ya trae bastantes problemas —respondió ella.

Después de eso, Tim no hizo más preguntas.

Por la noche, los miembros de la familia Malt cenaron todos juntos. Tomaron chuletas de cerdo con puré de patatas, seguido de helado de vainilla (para Tim), una porción de tarta de chocolate (para el señor Malt), y una manzana (para la señora Malt, que tenía que cuidar su peso).

Durante la cena, el señor Malt se aclaró la garganta y dijo:

—Tim, tu madre y yo hemos tomado una decisión. Hemos decidido qué hacer con el perro. Mañana por la mañana, lo llevaremos a Battersea.

—¿A Battersea? —Tim sabía que Battersea estaba al otro lado de Londres, pero no podía imaginar por qué querría Grk ir allí—. ¿Por qué? ¿Qué pasa en Battersea?

—¿No has oído hablar del Hogar Canino de Battersea?

—Sí. Creo que sí.

—Cuidan perros perdidos. Cuando se encuentra un perro, se le lleva al Hogar Canino de Battersea, y ellos encuentran a su dueño.

Tim pensó un momento.

—¿No podríamos nosotros cuidar de Grk?

—No —dijo el señor Malt.

—¿Por qué no?

—Sabes que tu madre es alérgica a los perros.

—Pero no estornudó cuando Grk iba en el coche.

—Ésa no es la cuestión —dijo el señor Malt.

—Entonces, ¿cuál es la cuestión?

—La cuestión es... La cuestión es... La cuestión es... —El señor Malt miró a su esposa, esperando que ella supiera cuál era la cuestión.

Lo sabía.

—La cuestión, Tim, es que es tu hora de irte a la cama.

—Oh, mamá.

—Nada de quejarse. Hora de irse a la cama. Y no te olvides de lavarte los dientes.

—Pero...

—Nada de peros. A la cama.

Tim se levantó de la silla, salió de la habitación, y subió a su dormitorio. El señor y la señora Malt se quedaron en el piso de abajo, leyendo algunos datos para su trabajo. A las diez, verían las noticias. Luego, ellos también se irían a la cama.

Cuando salía del cuarto de baño y se dirigía a su dormitorio, Tim se detuvo junto a la ventana, y se asomó. Podía ver la calle allí abajo. Parpadeó, y trató de enfocar la mirada para ver mejor en la oscuridad. ¡Sí! ¡Sí, allí! ¡En la acera! Una manchita blanca y negra. Era Grk, enroscado en el empedrado, durmiendo fuera de la casa.

Tim entró en el dormitorio y se puso el pijama. Se metió en la cama, se tapó con el edredón y se preguntó por los dueños de Grk. Pensó en la chica. ¿Cómo se llamaba? ¿Cómo la había llamado el guardia? Tim pensó durante largo rato, y luego se acordó. ¡Natascha! Eso era. Natascha. El guardia había dicho que tenía más o menos su edad. Tim se preguntó cómo se sintió al dejar olvidado a su perro.

En ese momento, se dio cuenta de lo que tenía que hacer. Tenía que bajar las escaleras y convencer a sus padres para que se pusieran en contacto con los dueños de Grk. Era su deber. Tenían que decirle a Natascha que habían encontrado a su perro. Si no lo hacían, no serían mejor que un atajo de ladrones.

Tim conocía la diferencia entre el bien y el mal. Sabía que robar estaba mal. Sabía también que encontrar algo y no devolverlo era igual que robar.

Se levantó de la cama, cogió la bata y se la puso encima del pijama. Salió de su dormitorio y bajó de puntillas las escaleras. Sabía que si sus padres lo oían, le ordenarían que se volviera a la cama sin siquiera escucharlo.

Si hubiera pensado lo que estaba haciendo, no habría bajado las escaleras. Habría esperado a la mañana siguiente. Pero Tim no era especialmente bueno a la hora de pensar antes de hacer las cosas. Era apasionado e impulsivo. Así que bajó de puntillas las escaleras hasta el salón, abrió la puerta y entró. Sus padres lo miraron.

—He estado pensando —dijo Tim— y me he dado cuenta de lo que tenemos que hacer. Tenemos que encontrar a los dueños de Grk. A la chica, Natascha. Y a su padre, el embajador. No podemos llevarlo al Hogar Canino. No es justo.

Habló atropelladamente, y cuando terminó, se quedó allí plantado, esperando a que sus padres contestaran.

El señor y la señora Malt se miraron, como si estuvieran decidiendo cuál de ellos debía responder. De algún modo, sin hablar, tomaron la decisión.

—Lo siento, Tim —dijo el señor Malt—, pero eso no es posible. No podemos llevarlo al extranjero. El Hogar Canino de Battersea tiene una reputación excelente. Le encontrarán un nuevo hogar.

—¿Y si no lo hacen?

—Lo harán.

—Pero ¿y si no? ¿Qué pasará entonces?

El señor Malt adoptó un aire solemne.

—Cruzaremos ese puente cuando lleguemos a él.

—Lo pondrán a dormir —dijo Tim—. ¿Verdad? Es lo que hacen con los perros perdidos.

—Es un perrito muy simpático —dijo el señor Malt—. Seguro que lo querrá alguien.

—Pero si no lo quieren, lo pondrán a dormir. ¿No?

Ni el señor ni la señora Malt dijeron nada.

Tim negó con la cabeza.

—No podemos permitir que hagan eso.

—Es hora de irse a la cama —dijo la señora Malt—. Ya hablaremos de esto por la mañana.

—No —dijo Tim—. Hablemos ahora. Tenemos que encontrar a sus verdaderos dueños.

—Tim...

—¡Tenemos que hacerlo!

—Muy bien —dijo la señora Malt—. Mañana lo llevaremos a Battersea. Luego, telefonearemos a sus dueños. Si lo quieren, podrán ir a recogerlo a Battersea. ¿Qué te parece?

—Me parece horrible —contestó Tim—. Sus dueños están a cientos de kilómetros de distancia. ¿Verdad, papá?

El señor Malt miró a su esposa, se encogió de hombros y asintió.

—¿Ves? —dijo Tim—. No podéis llevarlo a Battersea. ¡Lo estaréis asesinando!

—Lo siento, Tim —dijo el señor Malt—. Pero no podemos hacer nada más.

—Podríamos quedárnoslo.

El señor Malt negó con la cabeza.

—Eso no es posible. Ya sabes que tu madre es alérgica a los perros.

—No, no lo es —dijo Tim—. Sólo finge serlo.

—A la cama —dijo el señor Malt señalando la puerta.

—Pero...

—Nada de peros —dijo la señora Malt—. A la cama. Ahora.

—Los dos sois horribles —gritó Tim—. ¡Os odio!

—Eso no lo dices en serio —respondió la señora Malt—. Ahora, a la cama.

Tim miró a sus padres.

—Os odio —dijo en voz baja. Entonces salió de la habitación. Pensó en dar un portazo, pero decidió no hacerlo. Eso habría sido infantil. Cerró la puerta en silencio y subió las escaleras.

Cuando Tim se marchó, el señor Malt miró a su esposa.

—Parece enormemente molesto.

—Lo superará —dijo la señora Malt.

—Tal vez deberíamos pensar en quedarnos el perro. Durante un par de días.

La señora Malt se quedó mirando a su marido.

—Parece que has olvidado dos cosas, Terence.

—¿Ah, sí? ¿Qué he olvidado?

—Primero, soy alérgica a los perros. Segundo, tu jarrón.

—Mi jarrón —repitió el señor Malt—. Oh, sí. Mi jarrón.

Recordó cuánto había costado el jarrón. Recordó cuánto amaba aquellos deliciosos dibujos de cigüeñas azules. Y recordó dónde estaba su jarrón ahora: roto en mil pedazos y metido en un sobre marrón, a la espera de llevarlo al reparador de jarrones chinos.

—Puede que tengas razón —dijo—. Tal vez deberíamos llevar el perro a Battersea.

—¡Pues claro que tengo razón! —contestó la señora Malt—. ¿Me equivoco alguna vez?

—No, querida. Nunca.

En el piso de arriba, Tim sabía lo que tenía que hacer: meterse en la cama, leer su libro hasta que le venciera el cansancio, y luego dormir. Pero en lugar de eso, subió otro tramo de escaleras hasta el desván, entró de puntillas en el estudio de su padre y sacó el gran *Atlas del mundo* de la estantería. Colocó el atlas sobre la mesa y buscó Estanislavia en el índice. ¿Cómo se escribía? Lo buscó en el índice. Después de España, encontró Estanislavia. El índice tenía esta entrada: «Estanislavia 37/B3».

Tim comprendía lo que significaba eso. En la página 37 del atlas, habría un recuadro numerado B3 en el que encontraría Estanislavia.

Y así fue.

Según el atlas, Estanislavia era un país pequeño rodeado de montañas. Estaba más bien lejos del mar, aunque en el centro del país se extendía un lago largo y estrecho.

Tim pasó las páginas y encontró un mapa de Europa. A la izquierda del mapa, encontró Gran Bretaña. A la derecha, encontró Estanislavia. Quien quisiera viajar entre los dos países tendría que cruzar el canal de la Mancha, montones de montañas y varios países.

Había un largo camino entre Londres y Vilnetto, la capital de Estanislavia. Un camino muy, muy largo. Aun así, Tim supo lo que tenía que hacer.

Bajó las escaleras sin hacer ruido y regresó a su dormitorio. Cogió el despertador y puso la alarma a las cuatro de la madrugada. Luego metió el despertador bajo la almohada, para que lo despertara a él, pero no a sus padres. Apagó la luz, cerró los ojos y se quedó dormido.

Lo despertó el pitidito de la alarma. Por un instante, pensó que seguía soñando. Luego recordó lo que había decidido hacer. Se levantó de la cama y se puso ropa limpia. Eligió ropa cálida y cómoda: sus vaqueros favoritos, un par de calcetines gordos, una camiseta azul y un grueso jersey rojo de lana.

Abrió con cuidado la puerta de su habitación. Chirrió. Esperó un minuto, pero la casa seguía en silencio. El chirrido no había despertado a sus padres. Salió de puntillas de la habitación y bajó las escaleras hasta el salón, donde los abrigos de la familia colgaban de un perchero. Tim buscó en la chaqueta de su padre. En uno de los bolsillos encontró lo que estaba buscando: la cartera. La abrió. Cogió todo el dinero (noventa y cinco libras) y una tarjeta de crédito. Luego volvió a meter la cartera en la chaqueta.

Subió las escaleras, dejó atrás el dormitorio de sus padres y se dirigió hasta lo más alto de la casa. En el desván, encendió el ordenador de su padre y se conectó a Internet. Encontró el sitio de viajes donde su padre siempre reservaba los billetes. Tim no había comprado nunca ningún billete, pero a menudo había visto a su padre comprar libros y discos compactos por Internet, y era muy fácil: tan sólo tecleabas el número de la tarjeta de crédito, y los billetes eran tuyos.

Con la tarjeta de crédito de su padre, Tim compró dos billetes de Londres a Vilnetto, la capital de Estanislavia. El vuelo salía a las siete y diez. Tim miró el reloj de la pantalla. Eran las cuatro y cuarto. Tenía que marcharse ya. Según la página web, los billetes le estarían esperando en el aeropuerto.

Pulsó otra parte de la pantalla y recuperó la calculadora. La usó para hacer una rápida suma. Añadió noventa y cinco libras al precio de los billetes, luego dividió la suma por la cantidad de su paga semanal. El resultado era de ciento ochenta y tres. Cogió un boli y un papel y escribió una rápida nota para sus padres:

Queridos mamá y papá:

He ido a Estanislavia para devolver a Grk a sus dueños. Volveré cuando los haya encontrado. Lamento haber cogido el dinero, pero lo necesito. Por favor, descontadme la paga durante las siguientes 183 semanas.

Os quiere,

Tɪᴍ

Puso la nota sobre el teclado, donde su padre la vería sin ninguna duda. Luego apagó el ordenador y bajó las escaleras. Al pasar ante la habitación de sus padres, se detuvo y escuchó. No oyó ningún ruido. Estaban plácidamente dormidos.

Abajo, Tim recogió unas cuantas cosas más. En el cajón derecho de la cómoda de su madre encontró su pasaporte. En el izquierdo, encontró un ovillo de cordel y cortó un buen trozo. En el pasillo, cogió su abrigo y luego salió de la casa cerrando la puerta tras él. La cerradura encajó.

Miró la calle, arriba y abajo. Estaba vacía.

«¿Vacía?», pensó Tim.

Luego pensó: «¡¡¡¿¿¿Vacía???!!!»

Tim se dio cuenta de que se había comportado como un completo idiota: ni siquiera había comprobado que Grk siguiera durmiendo en la acera, delante de la casa. Si se había marchado, sus preparativos iban a ser inútiles.

Silbó. Tuvo cuidado de hacerlo muy suavemente, porque no quería despertar a ninguno de los vecinos. Si lo veían allí, en la calle, a las cuatro y media de la madrugada, llamarían inmediatamente a sus padres. Pero silbó tan bajito que Grk tampoco pudo oírlo. Así que silbó un poco más fuerte.

—¡Grk! ¡Grk! —susurró—. ¿Dónde estás?

No había ni rastro del perro. ¿Y si Grk se había marchado? Tal vez había encontrado un lugar más cálido y acogedor para pasar la noche.

Tim dejó de susurrar, y habló en un tono de voz normal.

—¡Grk! ¡Grk! ¡Ven aquí!

Una cabecita blanca asomó bajo el coche más cercano. Un par de suaves ojos negros miraron a Tim.

—Buen chico —susurró Tim—. ¡Ven aquí!

Grk salió de debajo del coche, y corrió hacia Tim, agitando la cola.

—¿Quieres ir a casa? ¿Quieres ir a ver a Natascha?

Tal vez Tim estaba imaginando cosas, pero le pareció que, al oír esas palabras, Grk sacudió la cola aún más furiosamente.

Tim se agachó. Buscó en su bolsillo, sacó el cordel y ató un extremo al collar. Luego sujetó con la mano el otro extremo y se incorporó.

—Muy bien. Vamos.

Juntos, Tim y Grk echaron a andar por la acera, alejándose de la casa, hacia... ¿hacia dónde? Hacia el final de su viaje, dondequiera que pudiera estar.

10

Timothy Malt sabía que su padre solía hacer viajes de negocios a Europa, lo que significaba tener que salir de casa a las seis de la mañana y coger un taxi hasta el aeropuerto. Así que eso fue lo que decidió hacer también él.

Caminó hasta el final de la calle, giró a la izquierda, luego a la derecha y se dirigió a la avenida llevando sujeto con la mano un trozo de cordel cuyo otro extremo iba atado al collar rojo de Grk. El perro trotaba a su lado, husmeando el aire.

Cuando llegaron a la avenida, Tim sintió de pronto mucho miedo. Vio los coches y los camiones. Vio a todos los desconocidos. Comprendió lo enormemente grande que es el mundo y lo pequeño que era él. Se preguntó si no sería mejor dar media vuelta y regresar a casa.

Entonces miró a Grk. Aunque sabía que el perro no respondería, le hizo una pregunta:

—¿Volvemos a casa?

El perrito miró a Tim, parpadeó y ladró. «¡Guau!»

¿Qué quería decir con eso?

No lo sé. Ni Tim tampoco.

Si pudiéramos comprender lo que dicen los perros, aprenderíamos un montón de cosas interesantes. Por desgracia, los perros hablan perro y los humanos hablan humano y no hay nadie en la Tierra que pueda hablar ambos idiomas.

Así que Tim tuvo que decidir por sí solo. ¿Continuaban? ¿O regresaban? Ni siquiera tuvo que pensarlo. Agarró con fuerza el cordel, y se encaminó hacia el semáforo. Tim y Grk esperaron allí cinco minutos a que pasara un taxi. Uno pasó de largo. Y luego otro. Ninguno reparó en Tim, que sin embargo agitaba frenéticamente los brazos. El tercer taxi se detuvo.

Tim se empinó, se asomó a la ventanilla y miró al conductor.

—Al aeropuerto de Heathrow, por favor.

—¿Heathrow? Sí, bien —dijo el conductor—. Sube.

Tim abrió la puerta y metió a Grk en el taxi.

El conductor se volvió y agitó el dedo.

—Eh, eh, eh. Nada de perros.

—¿Por qué no?

—Nada de fumar, ni helados, ni perros. Son las normas.

—Es un perro muy limpio.

—Las normas son las normas. Nada de fumar, ni helados, ni perros. Lo siento.

—Se sentará en el suelo. No ensuciará nada, lo prometo.

—Mi taxi, mis normas —dijo el conductor—. Lo siento. —Miró por el retrovisor y se dispuso a marcharse.

—Espere —dijo Tim—. ¿Y si le pago diez libras extras?

El conductor se quedó mirándolo durante un instante.

—Veinte.

Tim asintió.

—Adelante, pues —dijo el conductor—. Las normas están hechas para romperlas, ¿no?

Tim subió al taxi, cerró la puerta y se desplomó sobre el asiento trasero. Grk se tendió en el suelo entre sus pies. El conductor miró a Tim por el espejo retrovisor.

—¿Has dicho a Heathrow?

—Sí, por favor.

—Allá vamos.

El conductor puso el coche en marcha y aceleró para sumarse al tráfico.

El trayecto hasta Heathrow duró casi una hora. El conductor charlaba por los codos, pero Tim no le hacía caso. Se preguntaba qué pasaría luego. ¿Qué haría cuando llegara a Estanislavia? ¿Qué tipo de lugar sería? ¿Grande? ¿Pequeño? ¿Abarrotado? ¿Vacío? ¿Húmedo? ¿Seco?

¿Caluroso como un desierto? ¿Frío como el Polo Norte?

¿Y los dueños de Grk? ¿Y si no podía encontrarlos? Ni siquiera sabía sus nombres. Sólo sabía que tenían una hija llamada Natascha, que era más o menos de la misma edad que él. ¿Y si su padre tenía razón y odiaban a su perro? ¿Y si habían olvidado deliberadamente a Grk en Londres? ¿Y si...? ¿Y si...? ¿Y si...?

Cuantas más vueltas daba a todos sus pensamientos, más asustado se sentía Tim. Su corazón empezó a latir más deprisa. Se preguntó si estaría haciendo algo terrible. ¿Lo repudiarían sus padres? ¿Lo meterían en un correccional? ¿Acabaría en la cárcel? ¿Regresaría algún día de Estanislavia?

Miró por la ventanilla y se preguntó si ésa sería la última vez que vería las calles de Londres.

En el aeropuerto de Heathrow, Tim tuvo que darle sesenta y tres libras al taxista. Más de la mitad de su dinero, y ni siquiera había salido de Inglaterra.

El taxista se guardó el dinero y sonrió.

—Que tengas buenas vacaciones, amigo.

—No voy de vacaciones —dijo Tim.

—¿Adónde vas?

«Eso no es asunto suyo», estuvo tentado de replicar Tim. Sin embargo, sabía que era una falta de educación decir eso, incluso a un hombre avaricioso que acababa de quedarse con más de la mitad de su dinero.

—Es un viaje de negocios.

—Eres un poco joven para eso, ¿no?

—No.

—Bueno, pues espero que te vaya bien. Buena suerte, amigo.

El conductor le hizo un gesto con el pulgar hacia arriba y se marchó.

Tim y Grk entraron en el aeropuerto. Junto a la puerta los detuvieron dos altos policías que llevaban chalecos antibalas y ametralladoras.

El primer policía tenía un bigotito que parecía una oruga negra colgada de su labio. Señaló a Grk.

—No puede entrar aquí, señor.

—¿Por qué?

—No se permiten perros en el aeropuerto —dijo cl segundo policía. Iba bien afeitado, pero tenía unas cejas grandes y tupidas que parecían un par de orugas negras encaramadas en lo alto de su cabeza.

A Tim le entraron ganas de reír (todas aquellas orugas parecían muy graciosas), pero sabía que los policías se molestarían si se reía de ellos.

—El perro tiene que entrar en el aeropuerto —dijo—. Viaja en el avión conmigo.

Los dos policías se miraron el uno al otro.

—No podemos dejarlo pasar —dijo el primer policía—. Las reglas dicen que no se permiten perros en el aeropuerto.

El segundo policía sacudió la cabeza.

—Pero las reglas también dicen que sí se permiten pasajeros en el aeropuerto.

—Si es un perro, no podemos dejarlo pasar.

—Pero si es un pasajero, tenemos que permitir que pase.

Los dos policías se miraron. Ninguno de los dos sabía qué hacer.

—Tenemos un pequeño lío —dijo el primer policía.

—Desde luego que sí —dijo el segundo.

Tim miró su reloj. Su vuelo salía en una hora y cincuenta minutos. En la página web las instrucciones decían claramente que tenía que facturar dos horas antes del despegue.

—Tengo que facturar ya. O el avión se irá sin mí.

—No te preocupes —dijo el primer policía—. El avión no se irá sin ti.

—Danos un momento para desliarnos —añadió el segundo policía.

Los dos policías se retiraron unos pasos para que Tim no pudiera oír lo que decían y consultaron entre susurros. Después de un par de minutos de intensa discusión, ambos asintieron. Cuando volvieron junto a Tim, sus caras llenas de orugas resplandecían sonrientes.

—Ven por aquí, jovencito —dijo el primer policía—. Y trae al perro.

—Tienes escolta oficial —explicó el segundo policía.

Habían decidido que si recorrían el aeropuerto con

Tim, entonces podía meter allí al perro. Después de todo, ¿qué mal podía hacer un perro acompañado por dos policías armados? Los cuatro juntos recorrieron el aeropuerto y encontraron el mostrador de AIR ESTANISLAVIA, también conocido como AE. Tim sacó su pasaporte y la tarjeta de crédito de su padre y se los entregó a una mujer alta, delgada y morena que estaba sentada detrás del mostrador.

—He venido a recoger mis billetes —dijo Tim.

La mujer cogió el pasaporte y la tarjeta de crédito. Miró a los dos grandes policías que acompañaban a Tim.

«Comprendo —pensó—. Sé lo que está pasando. Debe de ser una Persona Muy Importante. Por eso lo acompañan dos policías.» Decidió ser muy amable con esta persona tan importante.

—Gracias, señor —dijo—. Dos billetes. ¿Es así?

—Sí —dijo Tim. Le gustó que lo llamaran señor.

—¿Uno es para usted?

—Sí.

—¿Y quién usará el segundo billete?

—Él. —Tim señaló al suelo.

La mujer se asomó y miró a Grk. Si Tim no hubiera sido una Persona Muy Importante, ella habría hecho algunas preguntas. Como: «¿Por qué tiene tu perro un asiento para él?» O: «¿Qué hace un niño como tú viajando solo?» O incluso: «¿Es tuya esta tarjeta de crédito?» Sin embargo, sabía que nunca debía molestar a las Personas Muy Importantes con esas preguntas.

—Lo he pasado a primera clase —dijo, en cambio—. Espero que estén cómodos allí, señor.

—Gracias.

Grk agitó la cola. Tal vez ya estaba pensando en la calidad superior de la comida que servían en primera clase.

Los dos policías se miraron entre sí. Uno de ellos alzó sus gruesas cejas. El otro sonrió, y la oruga de su bigote se alzó en las comisuras de su boca. Se dieron cuenta de que este niño debía de ser una Persona Muy Importante. Sólo las Personas Muy Importantes viajaban en primera clase.

La mujer tras el mostrador miró a Tim.

—¿Tiene equipaje, señor?

—No —contestó Tim.

La azafata y los dos policías se impresionaron. Sólo la gente muy rica puede permitirse viajar sin equipaje; compran lo que necesitan cuando llegan. La azafata sonrió.

—Aquí tiene su tarjeta de embarque y su pasaporte. Que tenga un feliz vuelo.

Los dos policías escoltaron a Tim y a Grk por todo el aeropuerto, asegurándose de que ocupara siempre la primera posición en todas las colas. La mujer del mostrador de AE había telefoneado a sus colegas del avión para advertirles de que iban a recibir a una Persona Muy Importante. Cuando Tim y Grk llegaron, acompañados por los dos policías, todos los demás pasajeros se los quedaron mirando y empezaron a susurrar.

—Es el príncipe George —cuchicheó uno de ellos—. Es el nieto del rey de Dinamarca.

—No, no —susurró otro pasajero—. Es Davy Nickers, el cantante de ese nuevo grupo juvenil.

—Se equivocan los dos —insistió un tercer pasajero—. Es Gary Grant. Sólo tiene quince años, y ya gana cincuenta mil a la semana con el Manchester United.

Por suerte, Tim no oyó a ninguno de los pasajeros; si lo hubiera hecho, no habría podido contener la risa.

Se despidió de los dos policías, quienes le estrecharon la mano y le desearon buen vuelo. Luego, una de las azafatas del avión condujo a Tim y a Grk a sus asientos.

Mientras Tim y Grk ocupaban sus asientos, sucedían un par de cosas importantes.

En primer lugar, la mujer del mostrador de AE llamó a su jefe en Vilnetto, la capital de Estanislavia. Le advirtió de que una Persona Muy Importante iba a llegar en el vuelo de Londres.

En segundo lugar, el señor y la señora Malt se despertaron.

Como cualquier otra mañana, se quedaron en la cama diez minutitos, escuchando la radio. Luego se levantaron. El señor Malt se dio un baño y la señora Malt, una ducha (tenían dos cuartos de baño, porque no les gustaba verse sin ropa). Bajaron las escaleras y empezaron a desayunar. Al cabo de cinco minutos, la señora Malt se acercó a las escaleras y gritó:

—¡Tim! ¡Tim! ¡Es hora de levantarse!

No hubo respuesta. La señora Malt suspiró, sacudió la cabeza, subió las escaleras y entró en la habitación de su hijo para despertarle.

El señor Malt se quedó en la cocina, tomándose su cuenco de cereales con plátano y su taza de café solo mientras leía el *Sunday Telegraph*. Leyó un artículo extraordinario sobre las pautas migratorias de los gansos canadienses. Era tan fascinante que no se molestó en levantar la mirada cuando su esposa entró en la habitación y dijo:

—¡Terence!

—¿Sí, querida?

—¡Oh, Terence! ¡No te vas a creer lo que ha pasado!

—Sí, querida —dijo el señor Malt sin despegar los ojos del artículo sobre los gansos canadienses.

—Oh, Dios mío. ¿Qué vamos a hacer?

—Sí, querida.

—Terence. ¿Me estás escuchando?

—Sí, querida —dijo el señor Malt, sin dejar de leer el *Telegraph*—. ¿Cuál es el problema?

La señora Malt inspiró profundamente.

—Tim no está en su dormitorio. Creo que lo han secuestrado.

—¿De veras, querida? —El señor Malt asintió, y leyó otro par de frases sobre los gansos canadienses. Entonces advirtió lo que había dicho su esposa. Apartó los ojos del periódico y la miró con expresión confusa—. ¿Secuestrado? ¿Has dicho secuestrado?

11

Para comprender bien esta historia, tengo que explicar unas cuantas cosas. Tengo que hablaros de los dueños de Grk, y de su país, y de su situación política.

Para hacerlo, debemos retroceder en el tiempo.

Unos cuantos días antes de que Tim encontrara a Grk en la calle (o, dependiendo del punto de vista, de que Grk encontrara a Tim), el presidente de Estanislavia fue detenido. Lo llevaron a la cárcel y le pusieron una guardia de cincuenta soldados. El comandante en jefe del Ejército y las fuerzas aéreas de Estanislavia, el coronel Zinfandel, se apoderó del país.

Durante la mayor parte de su vida, Gabriel Raffifi había trabajado para el gobierno de Estanislavia. Trabajaba en el servicio diplomático. Se ganó fama de estar dispuesto a sacrificar su propia vida por la verdad, la justicia y la dignidad del pueblo estanislavo. Había quienes decían que, algún día, podría ser candidato a presidente de Estanislavia.

Por eso el coronel Zinfandel lo odiaba.

A lo largo de toda su carrera, Gabriel Raffifi había sido destinado por todo el mundo. En su primer destino, trabajó para la embajada estanislava en Austria. Luego fue a Uruguay, donde ayudó a detener a la famosa banda de los Pelotti. Después de eso vinieron los ascensos, y lo nombraron embajador estanislavo en Letonia, luego en Canadá y después en España. Dos años atrás, lo destinaron a Londres y lo nombraron embajador de la República Democrática de Estanislavia ante el Reino Unido.

Vivió en la embajada estanislava en Kensington en compañía de su alta y hermosa esposa, Maria, y sus dos hijos, Max y Natascha.

Max Raffifi tenía quince años. Le encantaban los deportes. Era muy buen futbolista y jugaba en el medio campo con el equipo de su colegio llevando a menudo el brazalete de capitán. También era uno de los mejores tenistas jóvenes. En vacaciones, toda la familia solía viajar a Maine, Buenos Aires o Auckland para ver jugar a Max en las competiciones de tenis. Había ganado medallas de oro en la Copa de Tenis sobre Hierba Sub-16 de Nueva Zelanda y el Abierto Juvenil Argentino. Pero nunca había jugado en Wimbledon: ésa era su mayor ambición.

Natascha Raffifi era la benjamina de la familia. Tenía doce años. No era especialmente lista, hermosa ni talentosa, pero siempre parecía tener una sonrisa para todo el mundo. Allá adonde iba, la gente la recordaba con afecto.

Hay una cosa más de Natascha que es muy importante para esta historia. Tenía un perro.

Se llamaba Grk.

Como Gabriel Raffifi era un hombre listo y experimentado, comprendió inmediatamente el verdadero significado del arresto del presidente. Se dio cuenta de que el coronel Zinfandel se había apoderado de Estanislavia usando el Ejército y las fuerzas aéreas para imponer su poder a la población. En ese mismo momento, sus enemigos estarían huyendo para salvar sus vidas.

Por eso Gabriel Raffifi sabía que su familia y él debían dejar su casa lo antes posible. Le dijo a su esposa que no había tiempo de hacer las maletas. Tendrían que dejar atrás todas sus posesiones.

Su esposa se quedó anonadada.

—¿Y la ropa?

—Podemos comprar más.

—¿No podemos llevarnos dinero? ¿Y nuestros pasaportes?

—No hay tiempo —insistió Gabriel Raffifi—. Tenemos que marcharnos ahora mismo.

—¿Y mis trofeos de tenis? —preguntó Max.

—Tu vida es más importante que tus trofeos —respondió su padre.

Natascha sabía que no hacía falta preguntar qué iba a ser de Grk. Adondequiera que fuesen, Grk iría también. Su vida era tan importante como la de ellos.

Toda la familia se reunió en el salón.

—Vamos a salir de la casa como si no pasara nada —dijo Gabriel Raffifi—. Tranquilos y felices. Mostraremos sonrisas de felicidad en la cara. Así, si alguno de los agentes del coronel Zinfandel nos está vigilando, no se les ocurrirá pensar que estamos huyendo. Nos dirigiremos al coche, subiremos a él y nos marcharemos. ¿Habéis comprendido?

Todos asintieron.

—Entonces vamos —dijo Gabriel Raffifi.

En ese momento sonó el timbre de la puerta.

Toda la familia permaneció inmóvil. Ni siquiera Grk movió un solo músculo. Miraron a la puerta. Naturalmente, no tenían ni idea de quién llamaba al timbre. Tal vez el cartero traía un paquete. Tal vez el embajador que vivía en la casa de al lado había venido a pedir una tacita de azúcar.

—No os mováis —susurró Gabriel Raffifi—. Guardad silencio.

Se acercó de puntillas a la puerta y se asomó a la mirilla.

Al otro lado de la puerta vio a cinco hombres con trajes negros y gafas de sol oscuras. Reconoció a uno de ellos: un hombre flaco y huesudo con tan poca grasa en el cuerpo que parecía un esqueleto ambulante. Era el mayor Raki, jefe del servicio secreto estanislavo y conocido en toda Estanislavia por su crueldad. La simple mención de su nombre era suficiente para que los criminales confesaran sus delitos.

Gabriel Raffifi corrió al salón, le dijo a su familia que lo siguiera y se dirigió a la cocina. Había una salida al fondo del jardín; desde allí, podrían huir por Kensington y llegar al metro.

Cuando llegaron a la cocina, vieron el jardín a través de las puertas correderas. Al otro lado del cristal había cinco hombres más del servicio secreto esperándolos en el césped. No tenían escapatoria.

En ese momento oyeron un terrible ¡BUUUM! Venía del piso de arriba. El primer estrépito fue seguido de otro y del sonido de madera al quebrarse.

Natascha estaba aterrorizada.

—¿Qué ha sido eso?

—La puerta principal —replicó Max—. La han derribado.

—No podemos escapar —dijo su padre. Se arrodilló, y abrazó a su esposa y sus dos hijos. Grk se acurrucó junto a ellos y lamió con su lengüecita rosa los dedos de Gabriel Raffifi.

—Sed valientes —susurró Gabriel—. Tenemos que ser valientes. Esto es lo que vamos a hacer...

Cuando el mayor Raki, jefe del servicio secreto estanislavo, entró en la cocina acompañado por dos de sus agentes, encontraron a la familia Raffifi sentada a la mesa, jugando al Monopoly como si no tuvieran ninguna preocupación en el mundo. Grk estaba tumbado en el suelo, a los pies de Natascha.

—Buenos días —dijo el mayor Raki. De cerca, parecía aún más aterrador: en su cara se distinguían claramente las líneas de sus pómulos prominentes y en sus dedos, los bultos de cada nudillo y articulación. En el labio superior lucía un fino bigotito que parecía dibujado a lápiz. Siempre llevaba gafas oscuras, incluso de noche. Se decía que nadie, ni siquiera su madre, podía mirarlo a los ojos.

Cuando Grk vio al mayor Raki, empezó a gruñir.

—Buenos días —respondió Gabriel Raffifi—. ¿Podemos ayudarle?

—Por supuesto —dijo el mayor Raki, y avanzó un paso.

Los pelos de la nuca de Grk se erizaron, y gruñó un poco más fuerte.

—Gabriel Raffifi, por orden del coronel Zinfandel, los arresto a usted y su familia —dijo el mayor Raki. Se sacó del bolsillo unas esposas y se las colocó a Gabriel en las muñecas.

En ese momento, Grk dio un salto. Tenía la boca abierta. Pero antes de poder cruzar la habitación y hundir sus dientes blancos y afilados en el brazo del mayor

Raki, Natascha lo agarró por el collar y lo retuvo. No sabía lo que podría pasar si Grk conseguía morder el antebrazo huesudo del mayor Raki, pero estaba convencida de que no iba a ser nada agradable.

—Por aquí, por favor —dijo el mayor Raki—. Todos ustedes. Síganme.

—¿Adónde vamos? —preguntó Max.

—¡Nada de charlas! —exclamó el mayor Raki—. Síganme.

El mayor salió de la cocina y subió las escaleras. La familia Raffifi lo siguió. No tenían otra opción, ni ninguna posibilidad de escapar: diez guardias del servicio secreto estanislavo vigilaban todos sus movimientos.

En la calle, delante de la casa, había aparcada una furgoneta blanca. Uno de los guardias abrió las puertas traseras y ordenó subir a la familia.

Entraron en la furgoneta. Cuando el guardia se disponía a cerrar las puertas para encerrar a la familia en su interior, el mayor Raki gritó:

—¡Alto!

Todos los guardias lo miraron.

—El perro —susurró el mayor Raki—. Deshaceos del perro.

—No —susurró Natascha—. No, por favor —dijo abrazando con fuerza a Grk contra su pecho.

Tres guardias subieron a la furgoneta. Natascha luchó a la desesperada, pero los guardias eran más fuertes que ella. Uno la agarró por los brazos, y otro cogió a Grk.

¿Por qué no ayudó el resto de la familia? Porque los habrían matado. Dentro de la furgoneta, fuera del alcance de las miradas de los transeúntes, el tercer guardia sacó una pistola. Apuntó con ella a Max, a María y a Gabriel Raffifi.

—Si alguien se mueve, disparo. ¿Entendido?

Así que nadie se movió.

Excepto Grk.

Grk volvió la cabeza y abrió la boca, y clavó sus blancos y afilados dientes en la palma carnosa del guardia que lo sujetaba. El guardia gritó, soltó a Grk, y se miró la mano: estaba sangrando.

Grk aterrizó en el suelo de la furgoneta. Se volvió y clavó los dientes en el tobillo del segundo guardia. Por desgracia, el guardia llevaba unas botas de un cuero muy grueso, y los dientes de Grk eran muy pequeños. No pudo atravesar el cuero. El guardia, un hombre gordo y brutal, alzó la bota, y soltó una dura patada contra el estómago de Grk.

Grk gimió, y rodó. Sus patas intentaron aferrarse al suelo de la furgoneta, pero no fue lo bastante rápido. El guardia volvió a darle una patada, más fuerte.

Grk salió disparado de la furgoneta, giró en el aire y aterrizó en la calle. Se quedó tendido en el asfalto, inmóvil.

Natascha saltó y trató de correr tras él, pero su madre la sujetó. Sabía lo que sucedería si desobedecían a los guardias.

Los guardias salieron de la furgoneta, cerraron la puerta, le echaron el cerrojo, y le indicaron al conductor que podía ponerse en marcha. El conductor arrancó.

Si alguien hubiera estado paseando por Rudolph Gardens, habría visto algo extraño: una furgoneta blanca acelerando y, asomadas a la ventanilla trasera, dos caritas desesperadas.

Max miraba su casa, preguntándose si alguna vez volvería a verla.

Natascha sólo tenía ojos para una cosa. Miraba a Grk, que estaba tendido en la calzada, enroscado, sin moverse. Natascha se quedó mirando a Grk hasta que la furgoneta giró en la esquina y su perro desapareció de su vista.

12

Cuando la furgoneta se marchó, Grk se incorporó y se fue tambaleando hasta la acera. No quería que lo atropellase ningún coche. Se tumbó en el suelo y se lamió las heridas.

Permaneció allí durante varias horas, esperando que Natascha volviera. No comprendía adónde había ido, ni por qué.

Al anochecer, Grk empezó a sentir una desagradable sensación en el estómago.

Vacío. Un vacío terrible.

A medida que pasaban las horas, sentía el estómago cada vez más vacío.

Hasta que a Grk no le quedó más remedio: tenía que encontrar comida. Trotó por la acera, dejando atrás la casa, y se puso a buscar comida. Encontró un trozo de pan en un cubo de la basura y se lo comió. Más tarde, encontró un bocadillo a medio comer y también se lo tomó.

Cuando sintió el estómago un poco menos vacío, Grk trató de encontrar el camino de vuelta a Rudolph Gardens, pero no pudo. Se había perdido.

Durante varios días, Grk vagabundeó por Londres, perdido, solo y asustado. Rapiñó comida. Esquivó coches y camiones. Durmió en parques o enroscado bajo un montón de cajas de cartón. Le dieron patadas, lo persiguieron y casi lo atropellaron.

Entonces encontró a Tim.

13

Si os asustáis con facilidad, por favor saltaos este capítulo y pasad directamente al capítulo 14.

Sólo deberíais leer las siguientes páginas si sois capaces de leer descripciones de hechos terribles sin temblar, tiritar o cerrar los ojos. Espero que nunca tengáis que experimentar hechos como éstos.

Ésta es vuestra última oportunidad. Si queréis evitar relatos de hechos horribles, id directamente al capítulo 14.

¿Queda alguien?

Bien. Entonces, continuemos.

Recordaréis que sacaron a la familia Raffifi de su casa en Rudolph Gardens y que los metieron en una furgoneta blanca bajo la vigilancia de varios hombres del servicio secreto estanislavo.

Estuvieron viajando dos horas en la furgoneta. Gabriel Raffifi les dijo a sus hijos que conservaran la calma, y que no se preocuparan por el futuro. Les prometió que todo iba a salir bien. Todos estaban asustados, pero eran valientes, así que no mostraron lo que sentían. Fingieron que todo era normal. Hablaron en voz baja y pausada, y conversaron de cosas normales: qué les gustaría comer para almorzar, y el tiempo, y dónde jugaría Max su próximo partido de tenis. De todos ellos, Natascha era la que estaba más asustada y apenas podía hablar. No podía dejar de pensar en Grk, y se preguntaba qué le habría ocurrido. Natascha era la benjamina de la familia, así que a nadie le habría sorprendido que llorara o se echara a temblar. Pero era excepcionalmente valiente. Permaneció sentada en un rincón de la furgoneta, con una sonrisa fija en la cara, y trató de participar en la conversación.

Al cabo de dos horas, la furgoneta se detuvo y las puertas traseras se abrieron. Salieron y se encontraron en una pista larga, ancha y vacía. Algunas banderas se agitaban con la brisa. Unos cuantos edificios bajos los rodeaban. Cerca esperaba un pequeño aeroplano. Tal como Gabriel Raffifi había sospechado, iban a llevarlos de regreso a Estanislavia.

Si hubiera habido alguna vía de escape, Gabriel Raffifi la habría seguido. Sabía que el coronel Zinfandel esperaba en Estanislavia... y no había un hombre en el planeta a quien Gabriel Raffifi temiera y odiara más que al coronel Zinfandel. Sin embargo, escapar era imposible. Cuando los guardias les ordenaron subir al avión, el señor Raffifi le hizo a su familia un gesto de asentimiento. Hicieron lo que les decían.

El pequeño avión tenía diez asientos. La familia Raffifi ocupó cuatro, y los hombres del servicio secreto estanislavo, incluido el hombre delgado vestido de negro y con gafas de sol oscuras, ocuparon seis. El mayor Raki sonrió y saludó a la familia Raffifi, que fingió no verlo. Ocuparon sus asientos en el avión como si fueran a ir de vacaciones. Max y Natascha incluso discutieron sobre quién se sentaba junto a la ventanilla. Ganó Natascha. Como era la más pequeña, siempre le permitían ganar este tipo de discusiones.

Cuando todos se hubieron abrochado los cinturones de seguridad, el avión enfiló la pista y despegó.

Como decía, quiero que este capítulo sea tan corto e indoloro como sea posible. Los acontecimientos que se describen aquí son desagradables. Esperemos que estas cosas no nos sucedan nunca ni a nosotros ni a las personas que amamos.

El vuelo hasta Vilnetto duró unas tres horas. El avión aterrizó en un pequeño aeropuerto en las afueras de la ciudad. Les esperaba un convoy de camiones militares, acompañado por un grupo de cincuenta soldados del ejército estanislavo.

Cuando el señor Raffifi vio a todos aquellos soldados, se echó a reír.

—¿Quiénes creen que somos? ¿De verdad necesitan cincuenta soldados para impedirnos escapar? Un hombre pacífico, y su esposa, y sus dos hijos. ¿Qué podríamos hacer contra cincuenta soldados?

Su esposa y sus hijos sonrieron, fingiendo que también a ellos les divertía y eran valientes, pero resultaba muy difícil seguir adelante con la farsa. Las cosas no pintaban bien. Ninguno de ellos dijo una palabra. Sabían que no podrían hablar sin parecer asustados. En esas circunstancias, era mejor guardar silencio.

El mayor Raki adelantó a la familia Raffifi, dio un taconazo y se puso firme. El sol se reflejó en sus gafas oscuras. Murmuró unas cuantas palabras a los soldados. Diez hombres rodearon a la familia. Cinco de los soldados se situaron junto al señor y la señora Raffifi. Los otros cinco soldados lo hicieron junto a Max y Natascha.

El mayor Raki sonrió.

—Señora Raffifi, puede decirles adiós a sus hijos. Y usted, señor Raffifi, lo mismo.

El señor y la señora Raffifi se miraron. Luego ambos asintieron. Sabían que no tenían nada que ganar protestando o discutiendo. La señora Raffifi abrazó a cada uno de sus hijos. Su marido, también. Luego, permitieron que los soldados se los llevaran a empujones hacia la parte trasera de un camión militar verde. Justo antes de subir al camión, la señora Raffifi se volvió y saludó. Max y Natascha saludaron también. Luego, uno de los soldados alzó su manaza y empujó a la señora Raffifi al camión.

Las lágrimas corrían por la cara de Natascha. Max consiguió no llorar; sabía que era importante conservar el orgullo y la dignidad delante de esa gente horrible.

Ninguno de los dos lo habría admitido, pero Max y Natascha pensaban que nunca volverían a ver a sus padres.

Me entristece decirlo, pero tenían razón.

Obligaron a los dos niños a subir a la parte trasera de otro camión militar verde. Dentro, Max y Natascha se sentaron en el suelo. Los soldados los rodearon. Con un sobresalto, el motor del camión se puso en marcha, y arrancó.

La parte trasera del camión no tenía ventanillas, así que no pudieron ver adónde iban. Oyeron ruidos: el parloteo de los pájaros, los gritos de gente vendiendo periódicos, el rugido del tráfico. Después de diez o quince minutos, Max se volvió hacia su hermana.

—Al menos estamos en casa —dijo—, en Estanislavia.

—Así es —contestó Natascha, intentando mostrar mucho más valor del que sentía—. Siempre es bueno estar en casa.

Max miró al soldado que estaba sentado junto a ellos. Era un feo bruto con rostro gordezuelo y cubierto de manchas rojas.

—¿Adónde nos llevan? —preguntó Max.

—No se puede hablar —dijo el soldado.

—Quiero saber adónde nos llevan.

—¡No se puede hablar! —gritó el soldado alzando el puño y amenazando con golpear a Max.

Max se desplomó en el suelo y guardó silencio.

Después de quince o veinte minutos, el camión se detuvo. Oyeron desde fuera el sonido de conversación. El camión avanzó de nuevo y se detuvo un minuto más tarde. ¡Pum! ¡Pum! Algo chocó contra el costado del vehículo.

—Fuera —rugió el soldado feo—. Salid. ¡Vamos! ¡Vamos!

Max y Natascha hicieron lo que les ordenaba. Se dirigieron al extremo del camión y salieron.

Se encontraron en un patio muy estrecho. Altas paredes sin ventanas se alzaban por todas partes. Varios soldados los vigilaban. Cada soldado llevaba un Kalashnikov (por si no lo sabéis, un Kalashnikov es un tipo de metralleta).

Max se volvió hacia el soldado feo que los había acompañado en el camión.

—¿Dónde estamos? —preguntó.

—Si dices una palabra más, te pego un tiro —replicó el soldado—. ¿Entendido?

Max asintió. Estuvo tentado de decir «sí», pero no quería darle al soldado ninguna excusa para dispararle.

—Bien —dijo el soldado feo—. Ahora, vosotros dos, seguidme.

Condujo a Max y a Natascha hasta un estrecho portal. Subieron un tramo de escalones de piedra y recorrieron un pasillo largo y frío, dejando atrás una hilera de puertas cerradas. Finalmente, llegaron a una puerta abierta. Un hombre esperaba junto a ella. De su cinturón colgaban cuarenta llaves. Saludó con la cabeza al soldado feo, quien empujó a los niños a la habitación, y cerró la puerta tras ellos.

Max y Natascha contemplaron la habitación. Tenía más o menos el tamaño de cada uno de sus dormitorios en la casa de Rudolph Gardens. Sin embargo, esta celda no tenía ni alfombras, ni libros, ni cuadros en las paredes, ni ninguna de las cosas que hacían que sus dormitorios fueran tan acogedores y cómodos. En cambio, la celda tenía dos camas de metal, dos cubos de metal, suelos grises, paredes grises y poco más. Ni siquiera tenía ventanas. La poca luz que había procedía de la única bombilla que colgaba del centro del techo.

Natascha señaló los dos cubos.

—¿Para qué son?

Max la miró.

—Hum. Bueno. Es...

Antes de que dijera otra palabra, Natascha lo descubrió por su cuenta. Sonrió.

—Entonces, hay una cosa buena en este sitio.

—¿Ah, sí? ¿Cuál?

—Los dos tenemos nuestro propio cuarto de baño.

Lo que había dicho no era especialmente gracioso,

pero Max no pudo dejar de reír. Su risa fue contagiosa. Parecía que era la primera vez que se reían desde hacía días. Y les sentó bien. Los dos se rieron como si acabaran de escuchar el chiste más gracioso del mundo. Se tuvieron que agarrar la barriga. Las caras se les pusieron coloradas, y las lágrimas les corrieron por las mejillas.

Al otro extremo del pasillo, tres de los guardias de la prisión jugaban al póquer. Oyeron las risas que surgían de las celdas. A los guardias les hizo gracia.

—Son esos chicos —dijo uno de ellos—. Los Raffifi, ya sabéis. Los chicos que detuvieron en Londres.

—Tal vez se han vuelto un poco locos —dijo otro.

—Yo lo estaría, si fuera ellos —comentó el tercero.

Los tres guardias permanecieron en silencio durante un minuto, preguntándose cómo se sentirían si fueran los hermanos Raffifi: arrancados de su casa, separados de sus padres, encerrados en una celda.

—¿Quién da la mano? —preguntó entonces uno de los guardias.

—Yo —dijo otro, y empezó a repartir cartas.

Max y Natascha descubrieron que la vida en la cárcel tenía una rutina sencilla. A las seis de la mañana, un guardia repartía el desayuno, que consistía en pan y agua. A mediodía, otro guardia repartía pan, agua y una sopa insípida para almorzar. A las seis de la tarde llegaba la cena: agua, pan y un trozo de queso amarillo que parecía de goma. Por la tarde, escoltaban a los niños hasta el patio, donde caminaban al raso durante una hora. Al anochecer, los conducían a las letrinas, donde vaciaban sus cubos en el sumidero. Y eso era todo. No había nada que hacer. No había libros, ni música, ni tele, nada. Los hermanos Raffifi eran resueltos e inteligentes, pero se hundieron rápidamente en el aburrimiento y la depresión.

Una noche su rutina se rompió: tuvieron un visitante.

Ya habían tomado la cena. Los dos niños estaban tendidos en sus camas. Se habían quedado sin nada que decir, pero trataban de seguir hablando, sólo para evitar el terrible silencio. Una de las mejores formas de ahuyentar el silencio, lo habían descubierto, era jugar. Habían probado el veo-veo, pero no había mucho que ver en la celda gris y diminuta. Después de pared, cama y cubo, se quedaron sin cosas que decir. Así que jugaron a las veinte preguntas.

—¿Eres varón? —dijo Max.

—Sí.

—¿Eres real?

—Sí.

—¿Sigues vivo?

—Sí. Ya van tres preguntas.

Max pensó un momento.

—¿Trabajas con animales?

—Sí —Natascha se rió—. Buena suposición. ¿Cómo lo has sabido?

—Porque te conozco. Muy bien, déjame pensar. ¿Eres...?

Pero Max no tuvo oportunidad de terminar la pregunta, porque la puerta se abrió y dos altos soldados entraron en la habitación.

—Levantaos —ordenó el primer soldado—. ¡En pie!

Ninguno de los niños se movió. No les gustaba que les dijeran lo que tenían que hacer. Max miró a los soldados.

—¿Y por qué? —dijo.

—Si no te levantas, te golpearé —amenazó uno de los soldados, cerrando el puño.

Como no querían que los golpearan, Max y Natascha se levantaron de sus camastros y se pusieron en pie.

Dos soldados más entraron en la celda y ocuparon sus puestos junto a la puerta. Llevaban el uniforme de la Guardia Imperial, las tropas de élite del ejército estanislavo: botas negras, pantalones verdes, guerrera verde y boina negra. Llevaban Kalashnikovs.

Un hombre entró en la celda, y los cuatro soldados se pusieron firmes al tiempo que daban un taconazo y enderezaban las espaldas. El hombre los ignoró. Miró a los niños.

—Así que sois los Raffifi. ¿Tengo razón?

Ninguno de los niños respondió.

El hombre continuó como si no le importara. Señaló a cada uno de ellos por turno.

—Tú debes de ser Max, y tú debes de ser Natascha. Me alegro de conoceros. Espero que estéis cómodos en vuestra nueva casa.

Naturalmente, estaba siendo sarcástico. Sabía que los niños no podían sentirse cómodos, porque la celda era pequeña, oscura y apestosa. Pero era el tipo de hombre que disfrutaba comportándose como un matón sarcástico, sobre todo ante niños que no podían defenderse.

¿Quién era ese hombre vil y horrible? Era el famoso coronel Zinfandel.

Era un hombre bajo y fornido, de cuerpo musculoso. Tenía el pelo negro, la nariz recta y los pómulos finos. Iba bien afeitado y era guapo. La mayoría de las mujeres lo encontraba muy atractivo, y muchos hombres también. Ése era uno de los secretos de su éxito. Había usado su buen aspecto para conseguir poder.

Había empezado en un pueblo pequeño, en algún lugar de las montañas de Estanislavia. Su padre era pastor de veinte cabras, y su madre hacía queso con la leche de esas cabras. Ahora, cincuenta y cinco años más tarde, sus padres estaban muertos, pero el coronel Zinfandel era el presidente de Estanislavia.

El coronel Zinfandel sólo llevaba el uniforme militar en ocasiones especiales. Normalmente, vestía un caro traje de lana negro, una camisa blanca de seda, corbata de seda azul y brillantes zapatos negros de cuero. Cada día, uno de sus sirvientes le cepillaba los zapatos durante una hora, hasta que podías verte reflejado en ellos.

Max y Natascha miraron al coronel Zinfandel. Estaban muy asustados, pero también decididos a no mostrar ningún miedo. Si tu enemigo descubre que estás asustado, se hace aún más fuerte. Los hermanos Raffifi se esforzaron sobremanera en ocultar su miedo y mantener una expresión de tranquilidad en el rostro. A Natascha le resultó muy difícil. Max era mejor disimulando sus emociones. Era mayor, así que tenía más práctica.

El coronel Zinfandel señaló la bandeja.

—¿Cómo está la comida? ¿Os gusta?

Ninguno respondió.

El coronel Zinfandel se echó a reír.

—Debe de ser agradable comer auténtica comida estanislava, y no la basura inglesa.

Max se aclaró la garganta, porque no quería que su voz sonara frágil ni carrasposa.

—Desde que nos encerraron en este sitio, no hemos comido más que sopa aguada, un guiso soso y pan rancio —dijo—. Ésa no es la auténtica comida estanislava.

El coronel Zinfandel miró a Max. No estaba acostumbrado a que nadie le replicara.

—¿No? ¿Y qué preferirías?

—La verdadera comida estanislava es guiso de carne y guarnición y pastelitos rellenos. No la basura que sirven aquí.

Cuando los soldados oyeron a Max, no pudieron dejar de sentirse impresionados. Nadie se atrevía a hablarle así al coronel Zinfandel. Pero ninguno mostró sus verdaderos sentimientos. No querían que los condenaran a trabajar en las minas de sal durante los próximos veinte años.

—Y otra cosa —dijo Max—. La comida inglesa no es tan mala como dice la gente. Obviamente, no ha estado usted en Inglaterra, ¿verdad?

—Eres un chico valiente —dijo el coronel Zinfandel, sin contestar a la pregunta de Max—. Muy poca gente se atrevería a hablarme así. La mayoría tendría un poco más de respeto.

Max se encogió de hombros.

—¿Por qué debería mostrarle respeto a alguien como usted?

—Te diré un motivo —contestó el coronel Zinfandel—. Si chasqueo los dedos, uno de estos soldados cogerá su arma y te matará de un tiro.

—No se atrevería a hacer algo así.

El coronel Zinfandel sonrió.

—No pongas a prueba mi paciencia, muchacho. Podrías llevarte una sorpresa desagradable.

—No lo creo —dijo Max—. ¿Qué podría ser más desagradable que verlo aquí?

El coronel Zinfandel no replicó. Fue uno de los pocos momentos de su vida en que aquel hombre malvado se quedó completamente sin habla. Pero su cara adquirió un rojo brillante. Sus ojos se oscurecieron. Apretó los dientes.

Todo el mundo sabía que, cuando el coronel Zinfandel se enfadaba, era peligroso. Cualquier persona sensata habría aprovechado esa oportunidad para disculparse o esconderse. Max no. Se enderezó aún más, y habló todavía más fuerte.

—Tiene que sacarnos de aquí. No tiene derecho a mantenernos prisioneros.

El tono de la cara del coronel Zinfandel se volvió aún más rojo. ¡Nadie se atrevía a hablarle así! ¡Nadie! Pero no quería que sus soldados supieran que este niño lo había hecho enfadar. Así que se rió. Fue una risa retorcida y extraña. Dejó de reír y susurró:

—Muchacho, ¿quieres saber cuánto tiempo estaréis tu hermana y tú confinados en esta prisión?

—Sí, por favor —contestó Max—. Me gustaría mucho.

—El resto de vuestras vidas —susurró el coronel Zinfandel. Con estas palabras, se dio media vuelta y salió de la celda. Los soldados lo siguieron. El último cerró de golpe la pesada puerta y giró la llave en la cerradura. El sonido de la llave al girar pareció reverberar durante mucho tiempo en la celda.

Natascha Raffifi alzó la cabeza y miró a su hermano mayor. Habló en voz baja y asustada.

—¿De verdad vamos a pasar aquí el resto de nuestras vidas?

—Por supuesto que no —dijo Max—. No seas tonta, Natascha.

—¿Cómo lo sabes?

—Porque lo sé. Saldremos dentro de unos cuantos días. Es imposible que estemos aquí más de una semana.

Pero Max no creía lo que acababa de decir. En el fondo de su corazón, pensaba que los dos permanecerían en esa prisión hasta el día en que murieran. Era lo que Natascha también pensaba. Se acostaron en sus camas separadas. Aunque trataron de ocultarse mutuamente sus verdaderos sentimientos, cada uno notaba una profunda sensación de desesperación.

Una lágrima corrió por la mejilla de Natascha. Se la secó antes de que Max se diera cuenta y se volvió de cara a la pared.

14

A nueve mil metros de la superficie de la Tierra, Tim y Grk comían sándwiches de salmón ahumado.

Les sirvieron los sándwiches en platos de porcelana. Mientras Tim y Grk comían, la azafata se encargaba de que no les faltara bebida e iba rellenando regularmente de zumo de naranja el vaso de cristal de Tim, y de agua fresca de manantial el cuenco de Grk. También les llevó gruesas servilletas de lino y bolsitas de anacardos. Tim decidió que a partir de ahora sólo querría volar en primera clase.

El vuelo duró unas tres horas. No hubo película, pero la azafata trajo un libro que otro pasajero se había olvidado en un vuelo anterior. Tim leyó las primeras páginas, luego le echó un vistazo a las fotos de la revista de la compañía aérea. Sobre todo, miró por la ventanilla y vio las nubes que pasaban bajo el avión. Desde donde Tim estaba sentado, las nubes parecían montañas y valles. De no haber sabido que eran nubes, habría podido pensar que estaban sobrevolando un país donde cada campo, casa y árbol habían sido cubiertos de una capa de densa nieve blanca.

Cuando el avión aterrizó en Vilnetto, Tim y Grk fueron los primeros en salir. Eso es lo que pasa cuando eres una Persona Muy Importante. Las azafatas y auxiliares de vuelo se pusieron en fila para decirles adiós. Incluso el capitán salió de la cabina para estrechar la mano de Tim y darle una palmadita a Grk en la cabeza.

Tim y Grk salieron del avión. El sol era cegador. El aire era cálido. Una fila de escalones se extendía hacia la pista de asfalto, donde esperaban dos hombres. Uno de ellos iba vestido con un uniforme verde de brillantes botones plateados. El otro llevaba un uniforme azul también con brillantes botones plateados.

Cuando Tim y Grk bajaron los escalones, los dos hombres saludaron.

—Buenos días —dijo el hombre del uniforme verde—. Bienvenido a Estanislavia.

—Gracias —respondió Tim.

—A su servicio —dijo el hombre del uniforme azul extendiendo la mano. Tim se la estrechó. Luego le estrechó la mano al primer hombre. Después los dos hombres se estrecharon las manos entre sí. Cuando terminaron, el hombre del uniforme azul le hizo un gesto con la cabeza a Tim.

—Venga por aquí, por favor.

Los dos hombres empezaron a caminar hacia el aeropuerto, y Tim corrió tras ellos. No sabía qué estaba pasando, pero le pareció mejor no discutir.

Los dos hombres miraron a Tim, a Grk y el cordel que éste llevaba atado al cuello. Estaban impresionados. Su trabajo consistía en escoltar a Personas Muy Importantes por el aeropuerto, y sabían que sólo las personas más ricas y más importantes usarían un trozo de cordel como correa del perro. Una Persona Bastante Importante habría utilizado una cara correa de cuero con remaches plateados. Sólo las Personas Muy Importantes no tenían que alardear ni demostrar lo importantes que eran, porque todo el mundo lo sabía ya.

Los cuatro llegaron a Pasaportes y Aduanas. Un policía miró el pasaporte de Tim y a continuación le permitió pasar. Todo el mundo en el aeropuerto había sido avisado de la llegada de una Persona Muy Importante. Atravesaron rápidamente la aduana, y llegaron al aparcamiento, donde esperaba un gran Mercedes negro. Un hombre con uniforme negro y gorra de plato les abrió una de las puertas. Era el conductor.

—Buenos días —dijo—. Bienvenido a Estanislavia.

—Gracias.

—Soy su conductor para hoy. —El conductor sonrió—. ¿Qué le parece nuestro hermoso país?

—Está bien.

—¿Sólo bien?

—Sí.

—¿No es precioso? ¿No es maravilloso?

—Acabo de llegar —dijo Tim—. Así que en realidad no sé cómo es. Pero diría que está bien.

Los tres hombres parecieron un poco decepcionados. Querían que Tim dijera que su país era el lugar más hermoso que había visto jamás. Pero eran demasiado educados para discutir, así que se turnaron para estrecharle la mano a Tim, y luego se estrecharon la mano entre sí, y luego le estrecharon de nuevo la mano a Tim. Cuando terminaron, el hombre del uniforme azul dijo:

—¿Cuál es su destino, por favor? El conductor le llevará allí inmediatamente.

—Estoy buscando a alguien —dijo Tim.

—¿Ah, sí? ¿Y a quién está buscando?

—Se llama Natascha.

—¿Natascha? ¡Oh, qué nombre tan hermoso!

El hombre del uniforme verde asintió.

—¡Un hermoso nombre estanislavo!

—¿Dónde vive esa Natascha? —preguntó el hombre del uniforme negro.

—No lo sé.

—La encontraremos —dijo el hombre del uniforme verde—. ¿Cuál es su apellido? ¿Se llama Natascha qué?

—No lo sé.

—¿No lo sabe?

—No —respondió Tim negando con la cabeza—. Sólo sé que se llama Natascha.

—Esto es difícil —dijo el hombre del uniforme azul—. En nuestro país tenemos muchas mujeres.

El hombre del uniforme verde asintió.

—Y muchas de ellas se llaman Natascha.

—¿Qué aspecto tiene? —preguntó el hombre del uniforme negro—. ¿Esa Natascha? Es bonita, naturalmente, porque es una mujer estanislava, y todas las mujeres estanislavas son bonitas. Pero ¿cómo es? ¿Pelo negro? ¿Pelo castaño? ¿Pelo rubio? ¿Cómo?

—No lo sé —dijo Tim—. No la he visto nunca.

Los tres hombres se miraron entre sí. Ahora sí que estaban sorprendidos. Y no sólo sorprendidos. También estaban un poco preocupados. El primero en hablar fue el hombre del uniforme verde.

—¿Sabe algo de esa mujer? ¿Esa Natascha?

—Sí. Es la dueña de este perro.

Tim señaló a Grk.

Los tres hombres miraron al perro, como si éste pudiera ayudarles. Grk agitó la cola.

—No es una gran ayuda —dijo el hombre del uniforme azul.

—Pero es un perro bonito —dijo el hombre del uniforme verde.

—Un perro muy bonito —dijo el hombre del uniforme negro—. ¿Cómo se llama? ¿O tal vez no lo sabe tampoco?

—Se llama Grk.

Los tres hombres asintieron. Le dijeron a Tim que Grk era un nombre excelente para un perro. Por turnos, cada uno se agachó y acarició a Grk tras las orejas. Luego se incorporaron y miraron a Tim.

—¿Sabe algo más de esa Natascha o este Grk? —preguntó el hombre del uniforme verde.

—Lo cierto es que sí. Una cosa.

Los tres hombres se inclinaron hacia delante.

—Natascha vivía en Londres.

Los tres hombres asintieron.

—Su padre era el embajador. El embajador de su país en Inglaterra.

Durante un segundo, se produjo un silencio total. Luego los tres hombres hablaron a la vez.

—¡El embajador! —dijo el hombre del uniforme verde.

—¡Natascha Raffifi! —dijo el hombre del uniforme azul.

—¡Raffifi! ¡Raffifi! ¡Raffifi! —dijo el hombre del uniforme negro.

Tim los miró. No tenía ni idea de lo que estaba pasando. Los tres hombres empezaron a parlotear nerviosos en su idioma. Tim no podía entender lo que decían, porque no sabía hablar ni una sola palabra de estanislavo (bueno, eso no es cierto del todo. Sabía decir una palabra. Sabía decir «Grk». Pero no sabía que «Grk» era una palabra en estanislavo, así que en realidad no contaba).

Después de un par de minutos, los tres hombres les pidieron a Tim y a Grk que subieran al Mercedes. Cerraron la puerta. Entonces, el conductor se sentó delante y los otros dos hombres corrieron de regreso al aeropuerto, donde hicieron varias frenéticas llamadas telefónicas.

15

Al cabo de unos veinte minutos, los dos hombres regresaron. Le susurraron algo al conductor y éste se puso ligeramente pálido.

Los dos hombres abrieron la puerta trasera del coche y miraron a Tim. En esta ocasión, no le estrecharon la mano.

—Hemos descubierto el paradero de Natascha Raffifi —dijo el hombre del uniforme verde.

El hombre del uniforme azul asintió, pero no habló.

Tim se puso algo nervioso. Los dos hombres se comportaban de manera extraña.

—¿Dónde está? —preguntó.

—Disfrute de su estancia en Estanislavia —dijo el hombre del uniforme verde.

—Adiós —dijo el hombre del uniforme azul.

Tim estuvo a punto de preguntar por qué no habían respondido a su pregunta, pero antes de que tuviera tiempo de hacerlo uno de los hombres de uniforme cerró la puerta y Tim se quedó encerrado en el coche.

El conductor arrancó, y el Mercedes avanzó por la carretera.

16

Viajaron en silencio. En el asiento delantero, el conductor se concentraba en la carretera. Detrás, Tim miraba por la ventanilla, y Grk estaba tumbado en el asiento de cuero junto a él, dormitando. De vez en cuando, bostezaba. Su estómago estaba digiriendo todavía los sándwiches de salmón ahumado, así que no tenía energías que malgastar. Para Grk, la digestión era un asunto serio.

Siguieron la carretera. Algo parecía muy peculiar. Al cabo de unos minutos, Tim descubrió la causa: conducían por el lado contrario. No había ninguna necesidad de asustarse, porque los demás coches también lo hacían.

La carretera estaba repleta de coches interesantes. Tim los vio pasar. Sólo había estado en el extranjero unas cuantas veces, de vacaciones con sus padres, así que se sentía entusiasmado por viajar por un país extranjero. Advirtió montones de cosas que eran diferentes que en Inglaterra: las placas de las matrículas, las señales de carretera, incluso los conductores parecían diferentes, y nunca dejaban de tocar el claxon.

En la distancia vio un edificio enorme, de hormigón gris. Al acercarse, observó que el edificio tenía pocas ventanas y estaba rodeado de muros muy altos. Rollos de alambre de espino corrían por la parte superior de los muros. Guardias armados desfilaban ante las puertas. Tim se sintió aliviado al ver que pasaban de largo; durante un instante, creyó que lo llevaban allí. Se inclinó hacia delante y le habló al conductor.

—Disculpe. ¿Qué era ese edificio?

—¿Ése? La prisión estatal. ¿Entiende? ¿Prisión?

—Sí, sí —dijo Tim—. Entiendo.

Hubo una larga pausa. El conductor parecía estar pensando.

—Ella está allí —dijo por fin—. Su amiga.

—¿Quién? ¿Natascha?

—Sí. Y su hermano también.

Tim se sorprendió muchísimo. No podía imaginar por qué una chica joven, de su misma edad, podría estar en la cárcel.

—¿Por qué? ¿Qué han hecho?

—Cosas malas.

—Pero ¿qué?

—Es mejor que no haga preguntas.

—Quiero saberlo —dijo Tim—. Por favor, dígamelo. ¿Qué han hecho?

—No es posible. No más preguntas.

—Si me lo dice, no preguntaré nada más —suplicó Tim—. ¿Por qué están en prisión?

En vez de responder, el conductor pulsó un botón en el salpicadero. Un panel de cristal se deslizó por el centro del coche, separando su sección de la de Tim. Ahora el conductor no podía oír lo que Tim decía.

Tim se sintió ofendido. El conductor era muy maleducado. Se desplomó en el asiento y luego se volvió para contemplar la prisión. Se perdía en la distancia. Tim se preguntó qué podría haber hecho Natascha para merecer que la metieran en un lugar tan gris y de muros tan altos como aquél.

Podéis comprender que Tim se ofendiera por los modales del conductor. Sin embargo, no debería haberlo hecho. No comprendía lo que significaba vivir en Estanislavia en ese momento. No sabía que, desde que el coronel Zinfandel se había apoderado del país, no se podían hacer preguntas. Nunca se sabía quién podía estar escuchando. Nunca se sabía quién informaría al Servicio Secreto de lo que dijeras. Nunca sabías cuándo los hombres del coronel Zinfandel derribarían la puerta de tu casa, te esposarían y te arrastrarían a la cárcel.

Desde el día en que el coronel Zinfandel se proclamó presidente, Estanislavia no era un país feliz.

17

Mientras Tim y Grk circulaban por el centro de Vilnetto en un gran Mercedes negro, los acontecimientos se movían con rapidez en Inglaterra y en Estanislavia. Las líneas de teléfono zumbaban. El embajador británico tuvo que interrumpir su desayuno: no le hizo gracia, porque estaba tomando beicon crujiente, huevos revueltos y una taza de té bien cargado. El jefe de policía tuvo que interrumpir su tentempié de café solo y cruasán de almendras. Todo esto sucedió porque el señor Malt encontró una nota en el teclado de su ordenador.

Queridos mamá y papá:
He ido a Estanislavia para devolver a Grk a sus dueños. Volveré cuando los haya encontrado. Lamento haber cogido el dinero, pero lo necesito. Por favor, descontadme la paga durante las siguientes 183 semanas. Os quiere,

TIM

Cuando el señor Malt encontró la nota, la leyó un par de veces y se echó a reír, pensando que Tim le estaba gastando una broma. Miró la hora, y luego la fecha. No, no era el día de los inocentes. Y Tim no tenía por costumbre gastar bromas. El señor Malt se rascó la cabeza y leyó la nota por tercera vez. Luego la llevó escaleras abajo, y le dijo a su esposa:

—¿Qué te parece esto?

—No me molestes ahora —dijo la señora Malt—. Estoy tratando de pensar.

—Tal vez deberías leer esto.

—No tengo tiempo.

—Puede ser importante.

La señora Malt sacudió la cabeza.

—Estoy segura de que lo es para ti, querido, pero yo estoy preocupada por Tim. Y si tuvieras corazón, estarías preocupado tú también.

—Estoy preocupado —dijo el señor Malt—. Por eso creo que deberías leer esto.

Le tendió la nota a su esposa.

Ella la cogió y miró las palabras escritas en el papel. Las volvió a leer. La cara se le puso blanca. Se tambaleó y se sentó a la mesa. Entonces leyó las palabras por tercera vez.

—¿Crees... crees que es verdad? —dijo en un susurro.

—Creo que sí —respondió el señor Malt—. Ha ido a Estanis... Estanism... Estanistic... Ya sabes, a ese lugar.

La señora Malt cogió la nota y leyó la palabra en voz alta.

—Estanislavia.

—Eso es —respondió el señor Malt—. Ése. Ha ido allí.

—¿Cómo podemos detenerlo?

Se miraron el uno al otro. Sin decir otra palabra, el señor Malt corrió al teléfono y marcó el 999. Cuando respondió la operadora, el señor Malt pidió que le conectaran directamente con la policía.

El señor Malt habló con un policía que creyó que le estaba gastando una broma. Sin embargo, el policía anotó lo que le decía y luego prometió que haría unas cuantas averiguaciones y volvería a llamar.

Cinco minutos más tarde, el policía llamó. Esta vez, su voz sonaba bastante distinta. Ahora sabía que el señor Malt no estaba bromeando. El policía había hablado con alguien que trabajaba en el aeropuerto de Heathrow. Usando su ordenador, habían confirmado que un niño llamado Timothy Malt, acompañado de un perro, había subido a un avión que volaba de Londres a Estanislavia. Era demasiado tarde para impedir que Tim saliera del país, porque ya lo había hecho.

Un par de días antes, el señor Malt apenas había oído hablar de Estanislavia. Ahora, su único hijo había volado hasta allí. ¿En qué se estaba convirtiendo el mundo? Tratando de mantener la calma en la voz, le hizo al policía una sencilla pregunta:

—¿Cómo van a encontrar ustedes a mi hijo?

—No se preocupe, señor —respondió el policía—. Todo va a salir bien.

—¿Que no me preocupe? ¿Que no me preocupe? ¿Cómo no voy a preocuparme? ¡Mi hijo ha desaparecido! ¡Y se ha ido a un país que ni siquiera sé pronunciar!

—Entiendo su preocupación —dijo el policía—. Pero estamos haciendo todo lo posible por localizarlo.

Y así era. La policía metropolitana había contactado inmediatamente con todas las personas relevantes que podían encontrar a Tim: la Interpol, el Ministerio de Asuntos Exteriores, el embajador estanislavo en Londres y el embajador inglés en Vilnetto. Llamadas telefónicas, correos electrónicos y faxes recorrían la superficie de Europa, y montones de desayunos estaban siendo interrumpidos. Las tazas de café se enfriaban. Los cruasanes se quedaban a medio comer.

—Dígame una cosa —dijo el señor Malt—. ¿Saben dónde está?

—Comprendo lo difícil que debe de ser esto para usted, señor, pero le pido que sea paciente.

—¿Paciente? —gritó el señor Malt—. ¿Paciente? ¿Cuándo van a encontrar a mi hijo?

—En cuanto podamos.

Al señor Malt le habría gustado seguir gritando, pero se dio cuenta de que no tenía mucho sentido hacerlo. Así que colgó el teléfono. Se sentó frente a su esposa en la mesa de la cocina. Se miraron el uno al otro.

—¿Terence? —dijo la señora Malt después de un minuto o dos.

—¿Sí?

—¿Crees que es culpa nuestra?

—No —dijo el señor Malt—. Por supuesto que no.

Pero no parecía que lo creyera.

A varios cientos de kilómetros de distancia, en el bolsillo de un traje negro, sonó un teléfono. El traje pertenecía al mayor Raki. Se metió la mano en el bolsillo, sacó el teléfono y se lo llevó al oído. Escuchó durante unos minutos, hizo dos preguntas y luego puso fin a la llamada. Se guardó el teléfono en el bolsillo y se dispuso a buscar a su jefe.

Esa mañana, como la mayoría de las mañanas, el coronel Zinfandel estaba boxeando.

Allá adonde iba, el coronel Zinfandel se llevaba sus guantes de boxeo, sus pantaloncitos de boxeo, sus zapatos de boxeo y un par de soldados del ejército que eran boxeadores expertos. Los soldados eran veinte años más jóvenes que el coronel Zinfandel, pero podía enfrentarse a ellos. Ellos tenían fuerza y vitalidad, pero el coronel Zinfandel tenía más astucia. La mayoría de las mañanas, ganaba.

Sólo había una regla en el combate: los soldados tenían prohibido golpear en el rostro al coronel Zinfandel. El coronel estaba enormemente orgulloso de su nariz larga y fina, y se habría puesto furioso si el puñetazo de un soldado se la hubiera roto.

En una sala del Palacio Imperial, los carpinteros del coronel Zinfandel habían construido un cuadrilátero para boxear. Estaba rodeado por varias cuerdas y tenía un suelo acolchado para proteger a quien se cayera... o fuera derribado. Todas las mañanas, el coronel Zinfandel y un soldado joven combatían en el ring, intercambiando golpes.

Normalmente, el combate continuaba hasta que uno de ellos caía al suelo. Ese día, sin embargo, el combate fue interrumpido por la llegada del mayor Raki, quien, tras plantarse a un lado del cuadrilátero, alzó la mano para indicar que tenía algo importante que decir.

Dentro del ring, los dos hombres bajaron las manos. Ambos sudaban y respiraban con dificultad. El coronel Zinfandel siempre se enfadaba mucho cuando interrumpían su combate de boxeo. Miró al mayor Raki y susurró:

—Espero que tenga un motivo muy bueno para detener este combate.

El mayor Raki explicó rápidamente lo que le habían dicho en la llamada telefónica.

Cuando el mayor terminó, el coronel Zinfandel unió sus guantes de boxeo. Si no los hubiera llevado puestos, se habría frotado las manos.

—Me gustaría conocer a ese chico. ¿Cómo se llama?

—Timothy Malt.

—Sí, a ese Timothy Malt. Tráiganmelo.

—¿Ahora?

—Sí. Ahora.

—Sí, señor. —El mayor Raki se marchó a toda prisa.

El coronel Zinfandel alzó los guantes y se volvió para mirar al joven soldado que estaba boxeando con él.

—¿Por dónde íbamos?

Antes de que el soldado tuviera tiempo de contestar, el coronel Zinfandel le soltó un puñetazo y lo golpeó en la cara. El soldado se desplomó en el suelo del ring y se quedó allí, gimiendo. Le salía sangre de la nariz. El coronel Zinfandel sonrió. Ése iba a ser un buen día. Podía sentirlo en los huesos.

18

Vilnetto es una ciudad pequeña. Al norte pueden verse las altas montañas que protegen Estanislavia de sus vecinos más cercanos. Al sur se extiende una fértil llanura a lo largo de muchos kilómetros. En verano hace tanto calor en la ciudad que apenas se puede respirar; durante el invierno la nieve cubre los tejados y las aceras. En muchos aspectos, es un lugar difícil en el que vivir, y las dificultades todavía son mayores con la complicada situación política del país. Sin embargo, durante los últimos cincuenta años, Estanislavia abrazó la democracia y poco a poco la felicidad se instaló en el país. Sus habitantes se enriquecieron y empezaron a vivir con más comodidades. Cuando se tiene cristal en las ventanas, tejas en el tejado y comida en la barriga, el clima no importa tanto.

Hermosas calles antiguas serpentean por el centro de la ciudad. Las casas son altas, elegantes y bien proporcionadas. Las fuentes surten agua día y noche. Las calles pavimentadas son estrechas, así que los camiones grandes no pueden pasar por ellas. Incluso conducir un coche es algo lento y difícil. La mayoría de la gente viaja a pie o en bicicleta. Por tanto, el aire es tranquilo y no está contaminado por humos apestosos.

En la parte oriental de la ciudad, cerca de las orillas del río, la familia real de Estanislavia se construyó su palacio. Los primeros cimientos se colocaron en 1541. A lo largo de los siglos siguientes, el Palacio Imperial fue creciendo y los adornos, multiplicándose. Los reyes y reinas de Estanislavia construyeron un enorme complejo de salones de baile, dormitorios y establos. No debería haberles sorprendido que la población de Estanislavia se alzara furiosa, derrocara a la monarquía y pusiera en su lugar un gobierno elegido democráticamente.

(Por cierto, los actuales reyes de Estanislavia viven en Nueva York. El rey vende ordenadores y la reina cría perros Dachshunds. Ninguno de los dos habla una sola palabra de estanislavo, y no tienen ninguna intención de ir a visitar el país. Sólo dos o tres de sus amigos más íntimos saben que son reyes. Los demás amigos y sus vecinos sólo los conocen como el señor y la señora Castle, esa amable pareja que nunca va a ninguna parte sin esos graciosos perritos salchicha.)

La entrada principal del Palacio Imperial se usa para las ceremonias. Unos cuantos soldados montan guardia junto a las verjas doradas, vestidos con uniformes de gala. Si eres turista, puedes pedirle a cualquier transeúnte que te saque una foto junto a uno de los soldados.

Sin embargo, si visitas el palacio por asuntos de trabajo, probablemente entrarás por otra puerta, la de atrás. Esa entrada tiene una sola verja negra. Diez soldados vigilan cada coche que entra o sale.

El coronel Zinfandel sabía que la población del país no lo apreciaba. Sabía que la gente preferiría tener su propio presidente electo de nuevo. Así que rodeaba el palacio con cientos de soldados. El coronel Zinfandel no corría ningún riesgo.

Un Mercedes negro se detuvo junto a la entrada trasera del palacio. El conductor bajó la ventanilla, y entregó a los guardias su carnet de identidad.

Uno de los guardias examinó el carnet del conductor y comprobó que fuera realmente él quien aparecía en la foto. Otro guardia se asomó a la ventanilla trasera, y echó un largo vistazo a los pasajeros. El guardia vio a un niño y un perro. Ambos parecían inofensivos.

Los guardias dejaron pasar al coche. El conductor aceleró. El Mercedes atravesó la verja negra y se dirigió al palacio.

El Mercedes dejó atrás altos muros, ventanas cubiertas de gruesos barrotes de metal y a veinte soldados que marchaban al compás. A través de la ventanilla,

Tim vio varios tanques, un camión, dos jeeps y un helicóptero, todos pintados de verde militar. Entonces el coche se detuvo. El conductor bajó del coche y se acercó a la puerta de Tim.

—Por favor, baje —dijo el conductor.

Tim bajó del coche y se quedó allí de pie en el asfalto, sujetando el cordel que todavía estaba atado al collar de Grk.

Advirtió que se le acercaban tres hombres. Dos vestían el uniforme militar verde. El tercero, que caminaba delante de los otros dos, llevaba un traje negro, una camisa blanca, una corbata negra y un par de gafas de sol negras.

Tim advirtió algo más. A Grk se le habían erizado los pelos del cuello.

Tim no sabía mucho de perros, así que no comprendió lo que significaba eso. No sabía que a los perros se les eriza el pelo cuando están furiosos.

Los tres hombres se detuvieron junto a Tim.

—Buenos días —dijo el hombre de las gafas de sol negras—. ¿Eres Timothy Malt?

—Sí —dijo Tim.

—Muy bien —dijo el mayor Raki, que era, naturalmente, el hombre de las gafas de sol negras—. Vendrás conmigo.

—¿Adónde vamos?

El mayor Raki no contestó. Giró sobre sus talones, y esperó a que Tim lo siguiera.

Si Tim hubiera sido más valiente o más alocado, se habría opuesto. Pero era inteligente y estaba asustado. Así que siguió al mayor Raki.

Grk era valiente y alocado. Pero Tim lo llevaba sujeto con un trozo de cordel. Así que lo siguió también.

Los cinco cruzaron el patio en correcta formación: uno de los soldados caminaba primero, seguido del mayor Raki. Tim y Grk en fila, y el segundo soldado detrás. Nadie habló.

Cruzaron el patio, pasaron bajo un arco, giraron en una esquina y recorrieron un largo pasillo. Hombres y mujeres corrían de una puerta a otra. Cuando vieron al mayor Raki, todos hicieron exactamente lo mismo: dejaron de hacer lo que estaban haciendo, chasquearon los talones y saludaron. El mayor Raki les devolvió el saludo.

En la mente de Tim se amontonaban un puñado de preguntas: «¿Qué estoy haciendo aquí?», «¿Quién es toda esta gente?» y «¿Por qué este hombre no se quita nunca las gafas de sol?». Sin embargo, Tim se sentía tan agobiado y confundido que no intentó responder a ninguna de las preguntas. Sólo se preocupó de mantener el ritmo del mayor y los dos soldados.

Cada pocos pasos, Grk miraba al mayor Raki y olfateaba el aire. Sí, reconocía ese olor. Conocía a su propietario. Ése era el hombre que había acudido al 23 de

Rudolph Gardens, se había llevado a la familia Raffifi, y los había obligado a subir a una furgoneta blanca. Grk gruñó... pero tan bajito que nadie lo oyó.

Siempre es difícil saber lo que está pensando un perro, pero imagino lo que pensaba Grk en ese momento. Pensaba: «No puedo morder a este hombre ahora, pero lo haré pronto. Y cuando lo haga, le daré un bocado que no olvidará nunca.»

Llegaron a un par de puertas de madera al fondo del pasillo. Había dos soldados ante esas puertas, uno a cada lado. Los soldados llevaban boinas negras y de sus hombros colgaban Kalashnikovs. Ambos saludaron al mayor Raki. Uno de ellos dio un paso al frente. Una rápida conversación tuvo lugar entre ese soldado y el mayor.

Tim no entendió ni una sola palabra de la conversación, porque fue en estanislavo. Mientras hablaban, miró el Kalashnikov del soldado y le pareció muy impresionante. Se preguntó si estaría cargado y decidió que debía de estarlo. Luego se preguntó quién habría al otro lado de la puerta. ¿Quién necesitaría que lo protegieran soldados con metralletas? Alguien importante. Pero ¿quién? ¿Y por qué quería verlo? ¿Por qué estaba interesado en Timothy Malt?

El soldado retrocedió y abrió la puerta. El mayor Raki miró a Tim y le sonrió. Había algo feo y cruel en la sonrisa del mayor Raki.

—Por favor, tú primero —le dijo.

—Gracias —respondió Tim. Estaba nervioso. Sin embargo, atravesó la puerta. Grk trotó a su lado.

Tim se sorprendió al descubrir otro pasillo largo y vacío. Al fondo, dos soldados más protegían otra puerta. Debían de haber estado esperando a Tim, Grk y el mayor Raki, porque les abrieron la puerta para dejarlos pasar. Los tres atravesaron esa puerta, y luego otra, y otra. Dejaron atrás otros seis soldados, todos con boinas negras y con Kalashnikovs. Luego atravesaron una puerta de madera más, igual a todas las demás, y entraron en una gran sala llena de luz y muebles antiguos.

Había un hombre de pie al fondo de la sala. Por un momento, debido a la posición del sol, Tim no logró verle la cara. Sólo podía ver el resplandor de la luz y la silueta de un hombre grande. Entonces el hombre caminó hacia ellos, y Tim vio por primera vez al coronel Zinfandel. Vio a un hombre bajo y guapo, con una nariz fina y recta y una sonrisa agradable. El hombre tenía el pelo negro y las mejillas delgadas y bien afeitadas. Se dirigió hacia Tim y dijo:

—¡Ah! Tú debes de ser Timothy Malt. ¿Es así?

—Sí —respondió Tim.

—Bueno, encantado de conocerte, Timothy Malt. Soy el coronel Zinfandel.

—Hola —dijo Tim—. Encantado de conocerle. Y esto... puede llamarme Tim. Todo el mundo lo hace.

—Gracias, Tim. —El coronel Zinfandel extendió la mano—. Bienvenido a Estanislavia.

Se estrecharon la mano. El coronel Zinfandel agarró a Tim por el hombro.

—¿Quieres algo de beber? ¿Té? ¿Café? ¿Zumo de naranja?

—Zumo de naranja, por favor.

—Buena elección —dijo el coronel Zinfandel—. Yo tomaré lo mismo.

Asintió al mayor Raki, que se acercó rápidamente a los soldados de la puerta y les susurró algo. Uno de los soldados echó a correr por el pasillo.

El coronel Zinfandel condujo a Tim a un sofá.

—Sentémonos. Has llegado esta mañana, ¿verdad?

—Sí —dijo Tim.

—Bien. Bien. Dime, ¿qué opinas de nuestro hermoso país?

—Parece bonito. Pero no he visto mucho.

Mientras hablaban, Grk permaneció junto a los pies de Tim. Sus ojos no se apartaban en ningún momento del rostro del coronel Zinfandel.

Tim y el coronel hablaron del tiempo, y del vuelo en Air Estanislavia, y de las diferencias entre Londres y Vilnetto. Un soldado trajo dos vasos altos de zumo de naranja recién exprimida, y bebieron.

Lamento informar que a Tim le agradó mucho el coronel Zinfandel. Sin embargo, no hay que tenerle en cuenta que cometiera este error. Si tuvierais un primer encuentro con el coronel Zinfandel, probablemente también os caería bien. A juzgar por su apariencia, uno pensaría que es bastante agradable.

Grk no juzgaba a las personas sólo por su apariencia. También las olía. Y el coronel Zinfandel olía mal.

—Tengo que decirte algo importante, Tim —dijo el coronel Zinfandel después de unos minutos de charla—. ¿Comprendes?

—Sí. ¿Qué es?

El coronel Zinfandel hizo una pausa antes de continuar. Una expresión de tristeza cruzó su rostro.

—Has hecho algo hermoso y valiente al viajar hasta mi país. Quieres devolver este perro a sus dueños, ¿no es así?

—Sí —dijo Tim—. Ella se llama Natascha.

—Natascha Raffifi.

—Eso es. Natascha Raffifi.

Al oír el sonido de esas palabras, Grk enderezó las orejas. Miró a su alrededor. Pero no había ni rastro de su querida ama. Lentamente, volvió a bajar las orejas.

—Tengo que darte una noticia difícil —dijo el coronel Zinfandel—. Muy difícil —añadió con un suspiro—. Verás, Tim, no sabes mucho de la familia Raffifi, ¿verdad?

Tim negó con la cabeza.

—¿Sabes algo de ellos?

—No. Nada. Excepto que son los dueños de este perro.

—Eso es. Son los dueños de este perro. Pero hay algo más que debo decirte sobre ellos. Son criminales peligrosos. ¿Comprendes?

Tim se quedó de una pieza.

—¿De verdad? ¿Qué tipo de criminales?

—De la peor especie. Traidores. Han traicionado a su propio país.

—¿Cómo?

—No puedo entrar en detalles. Estoy seguro de que comprendes mis razones —dijo el coronel Zinfandel. A continuación sonrió y prosiguió—: Sin embargo, puedo decirte que han servido como espías para una potencia extranjera y causado daños inenarrables a este maravilloso país. Por eso han sido arrestados y encarcelados.

—¿Encarcelados?

—Sí.

—¿Incluso los niños? ¿Incluso Natascha?

—Lamento decir que los niños estaban también implicados en esta escandalosa operación.

Tim sacudió la cabeza.

—Parece muy extraño.

—¿Extraño? ¿Qué quieres decir?

—¿Por qué iban a servir como espías contra su propio país?

—Ésa es una buena pregunta —dijo el coronel Zinfandel—. La respuesta es sencilla, me temo. Dinero. Recibían un montón de dinero por sus malas acciones.

Tim miró a Grk. Parecía extraño. Si los Raffifi eran tan malos, ¿tendrían un perro tan bueno?

El coronel Zinfandel se inclinó hacia delante y colocó la mano sobre la rodilla de Tim.

—Comprendo que te sientas confundido. Tal vez incluso inquieto. Pero me temo que tengo pruebas claras de su traición.

—¿De verdad? ¿Qué tipo de pruebas?

—Ayer por la tarde, el señor y la señora Raffifi trataron de escapar de su celda. Atacaron a un guardia, causándole graves heridas, y huyeron. ¿Actúa así la gente inocente?

—No —dijo Tim—. Supongo que no.

—Definitivamente no.

—¿Y qué pasó? ¿Escaparon?

El coronel Zinfandel negó con la cabeza.

—Nadie escapa de la prisión de Vilnetto. Los guardias les dispararon.

—¿Viven todavía?

—No. —El coronel Zinfandel parecía triste y serio—. Desgraciadamente, murieron en el acto.

Tim se sintió mareado.

—¿Y Natascha?

—Sigue compartiendo una celda con su hermano.

—¿Qué les ocurrirá?

—Pasarán el resto de sus vidas en prisión. —Una

sonrisa asomó en el rostro del coronel Zinfandel. Luego, volvió a ponerse serio y prosiguió—: Verás, las personas inocentes nunca intentarían escapar de la cárcel. El simple hecho de que intentaran hacerlo es suficiente para condenarlos. ¿No estás de acuerdo?

—Supongo que sí.

—Bien. Sabía que lo comprenderías. Pareces un jovencito muy inteligente —dijo el coronel Zinfandel con una sonrisa en los labios. Había un brillo peculiar en sus ojos.

Grk gruñó. Un gruñido grave y silencioso. Tim y el coronel lo miraron, y Grk volvió a gruñir. Sus ojos no se apartaron en ningún momento de la cara del coronel Zinfandel.

—Mis soldados cuidarán del perro —dijo el coronel Zinfandel—. Le encontrarán un buen hogar —chasqueó los dedos.

Uno de los soldados acudió a toda prisa. El coronel Zinfandel le dio una breve orden, y el soldado asintió.

Extendió los brazos hacia Tim.

—Por favor. Deme el cordel.

Tim miró al soldado. Luego miró a Grk. Después miró al coronel Zinfandel.

—No importa —dijo Tim—. Me lo llevaré de vuelta a Inglaterra. Puede vivir conmigo.

Se produjo un largo silencio. Luego el coronel Zinfandel asintió.

—Muy bien —dijo mientras se levantaba—. Ahora, vamos a buscar a sir Cuthbert. ¿Lo conoces?

Tim negó con la cabeza.

—No.

—Sir Cuthbert es el embajador británico en Estanislavia. Un hombre encantador. Está abajo, esperándote. Vamos.

Probablemente os estaréis preguntando por qué el coronel Zinfandel se tomaba tantas molestias para parecer simpático a Tim. Como ya sabemos, el coronel Zinfandel no era un hombre simpático. No se lo pensaba dos veces a la hora de encerrar a unos niños inocentes en prisiones de alta seguridad... y puedo deciros que hizo muchas cosas que eran mucho peores que eso. Entonces, ¿por qué tanta molestia por caer bien a Tim?

Había dos motivos.

Primero, el coronel Zinfandel necesitaba comprar montones de armas, cohetes y tanques para el ejército estanislavo. Como todo el mundo sabe, Gran Bretaña fabrica las mejores armas, cohetes y tanques del mundo, así que el coronel Zinfandel quería mantener la amistad con los ingleses. Por el mismo motivo, el coronel hacía grandes esfuerzos por conservar la amistad con los franceses, los rusos, los chinos y los norteamericanos.

Segundo, el coronel Zinfandel quería que lo invitaran a montones de conferencias importantes en países extranjeros. Quería viajar en grandes coches y estrechar la mano a presidentes, primeros ministros, reyes y reinas. Quería que Estanislavia se convirtiera en una fuerza importante en las Naciones Unidas. Para que todo eso sucediera, tenía que ser amigo de todos los demás países, sobre todo los grandes, ricos y poderosos. Así que hacía lo posible para ser amigo de los ingleses.

Sabía que Timothy Malt representaba una gran oportunidad para hacerse amigo de los ingleses. Sabía que los periódicos y cadenas de televisión británicos se interesarían mucho por la historia de Tim. El departamento de comunicaciones del coronel Zinfandel ya había sido abordado por la BBC, la ITV, Sky News y la CNN, además de unas cien organizaciones de Europa y América. Si jugaba bien sus cartas, el coronel Zinfandel sabía que su rostro guapo y sonriente aparecería en las televisiones de todo el planeta, y el mundo entero conocería su nombre.

19

Sir Cuthbert Winkle tenía un Jaguar. No un gato grande; un coche grande. Un chófer y un guardia ocupaban los asientos delanteros. Tim, Grk y sir Cuthbert viajaban atrás. El Jaguar recorría velozmente las calles de Vilnetto hacia la embajada británica.

—Ya he hablado con tus padres —dijo sir Cuthbert.

Tim no dijo nada. Estaba demasiado ocupado pensando.

—Se alegraron mucho de saber que estás bien —continuó sir Cuthbert—. Cuando lleguemos a la embajada, podrás hablar con ellos por teléfono —dijo sir Cuthbert y, con una sonrisa, añadió—: Te gustaría hacerlo, ¿verdad?

—Ajá —dijo Tim, que en realidad no estaba escuchando.

—Muy bien. No estamos lejos. Otros cinco minutos o así.

Sir Cuthbert sonrió, hasta que se dio cuenta de que Tim ni siquiera lo estaba mirando. Entonces la sonrisa se borró lentamente de su rostro. Se acomodó en el suave asiento de cuero y se dedicó a mirar por la ventanilla.

Sir Cuthbert no sabía mucho de niños. Sabía que existían, pero nunca se le ocurría nada que decirles. Por eso le gustó que Tim no quisiera hablar. Sir Cuthbert se acomodó en su confortable asiento de cuero e imaginó lo que haría cuando llegara a la embajada británica: se sentaría en su sillón favorito, bebería una taza de té bien cargado y leería un ejemplar del *Times* de ayer. Para sir Cuthbert, ése era el peor problema de vivir en Vilnetto: los periódicos ingleses llegaban con un día de retraso.

Viajaron en silencio. Después de cinco minutos, llegaron ante una verja negra en una alta muralla de ladrillo. Un policía uniformado montaba guardia. Miró el Jaguar, reconoció al conductor y al embajador, y les permitió pasar. El Jaguar entró en el patio y aparcó ante la embajada. El chófer y el guardia bajaron, corrieron hasta la parte trasera del coche y abrieron las puertas. Tim, Grk y sir Cuthbert salieron del coche.

—Gracias —le dijo Tim al guardia que le había abierto la puerta.

—No hay de qué.

—Por aquí —le indicó sir Cuthbert a Tim—. Vamos a llamar a tus padres.

Cruzaron la grava, subieron unos escalones de piedra y entraron en la casa. Encontraron un largo pasillo blanco de techos altos. Sir Cuthbert condujo a Tim y a Grk por el pasillo, a través de una puerta y hasta un estudio. De las paredes colgaban pinturas al óleo. Un gran escritorio de madera estaba situado junto a la ventana, que daba a los jardines.

Sir Cuthbert se acercó al teléfono y alzó el receptor.

—¿Miranda? ¿Miranda? —Golpeó el teléfono con los nudillos, y gritó al receptor—: ¿Miranda? ¿Puede oírme?

No hubo ninguna respuesta. Sir Cuthbert sacudió la cabeza.

—Creo que estamos intervenidos. Los teléfonos parece que nunca funcionan. Discúlpame, vuelvo dentro de un momento.

Sir Cuthbert salió de la sala para buscar a su secretaria, Miranda. Cuando se marchó, no hubo más ruido en la habitación que el tic-tac de un viejo reloj.

Tim miró a Grk, que estaba enroscado en el suelo con los ojos entornados. O tal vez los tenía entreabiertos. Era difícil de decir. Grk aprovechaba la oportunidad para echar una cabezada.

—¿Cómo puedes dormir en un momento como éste? ¿No estás preocupado? ¿No tienes miedo?

Grk abrió un ojo, miró a Tim durante un segundo, y volvió a cerrarlo.

—Vale. Sigue así.

Cinco minutos más tarde sir Cuthbert regresó con su secretaria, Miranda. Era una mujer alta, delgada y rubia, con el cabello a la altura de los hombros y elegante ropa negra. A primera vista, parecía bastante aburrida. Sin embargo, en sus ojos había una expresión peculiar, una expresión que sugería que era enormemente divertida, inteligente e interesante pero, por algún motivo, había decidido esconder esas cualidades.

—Hola —dijo Miranda—. Tú debes de ser Tim.

—Sí, lo soy —contestó Tim.

—Cuánto me alegro de conocerte. Soy Miranda. La secretaria de sir Cuthbert. ¿Quieres algo de comer? ¿Y de beber?

—No, gracias.

—¿Tal vez un baño? ¿Una ducha?

—No, gracias. Estoy bien.

—Si quieres cualquier cosa, házmelo saber. ¿De acuerdo?

Tim asintió.

—Muy bien —dijo sir Cuthbert—. Vamos a llamar a tus padres para que sepan que estás sano y salvo, ¿de acuerdo?

—De acuerdo —dijo Miranda. Corrió al teléfono y levantó el auricular.

—Hum —dijo Tim.

Los dos se volvieron a mirarlo.

—La cosa es... —dijo Tim, e hizo una pausa. Estaba un poco nervioso.

Miranda y sir Cuthbert lo miraron. Eso hizo que se pusiera aún más nervioso.

El silencio pareció durar una eternidad. Tim sabía que podía decir, «Oh, nada, nada», y que dejarían de mirarlo. Podía hablar con sus padres, subir a otro avión y regresar a Inglaterra. Eso sería lo más sencillo.

Tim miró a Grk, que dormitaba en la gruesa alfombra, y se dio cuenta de que lo más sencillo no es siempre lo mejor.

—La cosa es que vine aquí para devolver a este perro —dijo señalando a Grk—. Pertenece a una niña. Se llama Natascha.

—Sí —dijo sir Cuthbert. Su voz parecía muy seria—. Sabemos lo de Natascha Raffifi. Pero me temo que no vas a poder verla.

—¿Es cierto que está en prisión?

—Me temo que es completamente cierto, sí.

—¿Por qué? ¿Qué ha hecho?

—Según la policía, ha traicionado a su país.

—Pero es sólo una niña. ¿Cómo puede haber traicionado a su país?

Sir Cuthbert hizo una pausa antes de contestar. Estaba intentando encontrar las palabras adecuadas.

—Hay una cosa que tienes que comprender, Tim. Esto no es Inglaterra. Aquí las cosas funcionan de otra forma. Para nosotros, algunas pueden parecer equivocadas. Pero eso no significa que podamos interferir.

Verás, éste no es nuestro país. No son nuestras leyes. No podemos cambiarlas.

—Entonces, ¿ella no debería estar en prisión?

—No lo sé —dijo sir Cuthbert.

—Pero ¿si viviera en Inglaterra, no estaría en la cárcel?

—Probablemente no.

—Entonces, ¿por qué no podemos rescatarla, y llevarla de vuelta a Inglaterra?

Sir Cuthbert sonrió y sacudió la cabeza.

—Como decía, no podemos. Lo entenderás cuando seas mayor.

Tim sabía lo que significaban esas palabras. Eran las palabras que decían los adultos cuando no sabían responder a una pregunta. Pero también sabía que no tenía sentido discutir con un adulto que emplea esas palabras. En la experiencia de Tim, los adultos nunca admitían su propia ignorancia.

—Vale —dijo Tim.

—Muy bien. —Sir Cuthbert miró a Miranda y asintió.

Miranda marcó un número de teléfono.

—Hola. ¿El señor Malt? Soy Miranda Hopkins. En efecto. Sí. Lo tengo aquí.

Llamó a Tim y le pasó el teléfono.

Tim habló por el receptor.

—¿Diga?

—Oh, Tim. ¿Eres tú de verdad?

La voz al otro extremo de la conexión era la del padre de Tim. Para sorpresa de Tim, el señor Malt parecía asustado, incluso presa del pánico.

—Estoy aquí —dijo Tim.

—¿Te encuentras bien?

—Estoy bien. ¿Y vosotros?

—Estamos sumamente preocupados —dijo el señor Malt—. Oh, Dios, hemos estado tan preocupados. Espera un momento, tu madre quiere ponerse.

Al otro lado, Tim oyó cierta actividad. Luego su madre se puso al teléfono.

—¿Tim? ¿Tim? ¿Estás ahí?

—Sí, estoy aquí.

—¿Estás bien? ¿Va todo bien?

—Todo va bien —dijo Tim.

—Oh, gracias a Dios. Vas a volver a casa ya, ¿verdad?

—Sí.

—Te esperaremos en el aeropuerto. Oh, ¿Tim?

—¿Sí?

—Trae al perro. Nos lo quedaremos. Si eso es lo que quieres.

Tim se quedó muy sorprendido.

—¿Y tu alergia?

—Ya haré algo. Tomaré pastillas. Tal vez incluso me haga la acupuntura. Dicen que funciona, ¿no? Si quieres quedártelo, puedes hacerlo. Pero tienes que prometerme una cosa a cambio. Nada de marcharte sin decirnos adónde vas. ¿Lo prometes?

—Vale —dijo Tim.

—¿Lo prometes?

—Sí. Lo prometo.

—Bien. Bueno, te veremos más tarde. Vamos a esperarte al aeropuerto.

—Vale.

—¿Tim?

—Sí.

—Te quiero. Los dos te queremos. Lo sabes, ¿verdad?

—Sí —dijo Tim.

—Hasta luego.

—Adiós.

Hubo un chasquido, y la conexión terminó. Tim le entregó el receptor a Miranda.

—Gracias —dijo.

—Hay un vuelo a las tres y media —dijo Miranda con una sonrisa—. Estarás en casa a tiempo para cenar.

—Vale.

—Has corrido toda una aventura, ¿eh? —añadió sir Cuthbert.

Tim asintió.

Sir Cuthbert miró su reloj y sonrió.

—Tenemos que marcharnos dentro de una hora. Creo que nos da tiempo para una taza de té, ¿no?

—Pondré la tetera —dijo Miranda.

Condujeron a Tim pasillo abajo hasta un comedor. Grk trotó tras ellos. Cuando llegaron al salón, sir Cuthbert fue a buscar su periódico, y Miranda se puso a preparar el té. Tim se arrodilló en el suelo junto a Grk.

Grk alzó la cabeza y olfateó a Tim.

—Quieren que nos vayamos a casa en el avión —susurró Tim—. Pero no podemos hacerlo, ¿verdad?

Grk le lamió la barbilla.

—Uh. Eso hace cosquillas —dijo Tim. Se limpió la barbilla con la manga—. Hemos venido a hacer algo. No vamos a regresar a casa hasta que lo hagamos. ¿De acuerdo?

La cola de Grk golpeó la gruesa alfombra.

20

Tim necesitaba un plan. Un plan astuto y brillante para liberar a Natascha Raffifi de la cárcel, reunirla con Grk y escapar del país. Oh, y quería liberar también a su hermano. Así pues, necesitaba un plan para irrumpir en una prisión de alta seguridad, sacar a dos personas de su celda, sacarlos del país y viajar varios cientos de kilómetros de vuelta a Inglaterra.

El problema era que Tim no tenía ese tipo de plan. La verdad es que no tenía plan alguno.

Tim permaneció sentado en el comedor durante una hora. Se tomó el vaso de zumo de naranja que le trajo Miranda, se asomó a la ventana, y trató de idear un plan. Pero no pudo. No tenía ninguna experiencia haciendo planes como ése. La mayor parte de su vida había hecho cosas normales como tomar el desayuno, ir al colegio y jugar con su ordenador. La verdad es que nunca había tenido que hacer nada más difícil que un examen de matemáticas. Y los exámenes de matemáticas, aunque son útiles si quieres aprender matemáticas, no sirven de mucho cuando intentas sacar a alguien de la cárcel.

Mientras Tim intentaba pensar, Grk permanecía tumbado en la alfombra, durmiendo. De vez en cuando, roncaba. Una vez, se tiró un pedo. Tim se dirigió al otro extremo de la habitación hasta que el olor se disipó.

Una hora después, Miranda regresó al comedor y recogió a Tim y Grk. Salieron juntos de la embajada. El Jaguar estaba aparcado en el camino de grava. Detrás del Jaguar había un Range Rover. Subieron a los coches y salieron de la embajada.

Dos guardias y dos policías viajaban en el Range Rover. Tim, Grk, Miranda y sir Cuthbert viajaban en el Jaguar.

Mientras se dirigían al aeropuerto de Vilnetto, sir Cuthbert le dijo a Tim lo que iba a suceder a continuación.

—Habrá una pequeña recepción —explicó—. Nada serio. Unos cuantos fotógrafos. Tal vez un equipo de televisión. Lo siento, pero el coronel Zinfandel está decidido a utilizar tu llegada como ejercicio de relaciones públicas.

Miranda se volvió para mirar a Tim.

—¿Sabes lo que significa eso?

—No.

—Oh —dijo sir Cuthbert—. Un ejercicio de rela-

ciones públicas es... hum. Bueno, es como... Explíqueselo, Miranda.

Miranda sonrió.

—Las relaciones públicas son el arte de hacerte parecer bueno ante el mundo. En este momento, el coronel Zinfandel no parece demasiado bueno. Ha depues-
to al presidente y se ha apoderado del país. Así que
querrá utilizarte para parecer bueno.

—No quiero que parezca bueno —dijo Tim—. Ha
metido a Natascha Raffifi en la cárcel.

Sir Cuthbert y Miranda se dirigieron unas miradas.

—Comprendemos lo que sientes —dijo sir Cuthbert—. Pero agradeceríamos tu cooperación.

—¿Por qué?

—Por muchos motivos. Muchos, muchos motivos.

—¿Como cuál?

Sir Cuthbert miró a Miranda.

—Explíqueselo usted.

—El motivo más importante es el siguiente: si con-
servamos los lazos de amistad con el coronel Zinfandel, podremos pedirle que ayude a Natascha. Pero si lo
convertimos en nuestro enemigo, nunca podremos pedirle que haga nada. De hecho, si fuera nuestro enemigo, haría exactamente lo contrario de lo que le pidiéra-
mos. ¿Entiendes?

Tim entendía lo que decía. El único problema era
que no creía que el coronel Zinfandel fuera a liberar

nunca a Natascha de la cárcel. Sólo había un modo de sacarla, y no implicaba ser amable.

Tim no dijo nada de esto. Asintió y sonrió.

—Vale. Entiendo.

El Jaguar y el Range Rover recorrieron Vilnetto. Tim contempló las calles abarrotadas. La gente hacía compras, o sacaba a sus hijos a pasear, o se sentaba en los bancos de los parques, leía periódicos, fumaba cigarrillos, charlaba con sus amigos. Tim se sentía muy extraño. Por primera vez en su vida, iba a tener que hacer algo extraordinario. De algún modo, tendría que colarse en una prisión, liberar a dos niños y escapar de un país extranjero. Mientras tanto, las demás personas vivían sus vidas con toda normalidad.

«Yo también podría hacerlo —pensó Tim—. Podría subir al avión, y regresar volando a Londres, y vivir mi vida normal. Sería incluso mejor que antes, porque papá y mamá permitirán que me quede a Grk.»

Entonces se reprendió por pensar así. Volvería a su vida normal... pero sólo después de haber rescatado a los hermanos Raffifi de la prisión.

Vilnetto es una ciudad pequeña, así que tiene un aeropuerto pequeño que comparten aviones civiles y militares. Todos usan las mismas pistas. A un lado del aeropuerto, los pasajeros suben a sus *jets* y vuelan a Londres, París, Estambul, El Cairo o Nueva York. Al otro lado, los soldados suben a helicópteros o cazas y vuelan por toda Estanislavia para proteger sus fronteras.

El Jaguar del embajador y el Range Rover entraron en el aeropuerto por la entrada militar. Una vez los guardias hubieron examinado sus pasaportes y carnets de identidad, los dos coches atravesaron las verjas y siguieron la carretera hasta un aparcamiento privado reservado para la policía, los militares, los políticos y las Personas Muy Importantes.

Bajaron de los coches. Tim estiró los brazos. El sol brillaba. Hacía mucho más calor que en Londres. En la distancia, el horizonte parecía disolverse en una bruma temblorosa. Al otro lado del asfalto, Tim vio a una multitud de cuarenta o cincuenta personas. No pudo distinguir sus rostros. Sin embargo, vio que varios llevaban cámaras de televisión. Por encima de la multitud colgaban varias barras largas que debían de ser micrófonos.

Miranda vio lo que estaba mirando.

—Es la prensa. Te están esperando.

—¿De verdad? ¿A mí?

—Sí.

—¿Tendré que decir algo?

Miranda negó con la cabeza.

—Nos encargaremos de eso. Tú sólo tienes que sonreír. ¿Podrás hacerlo?

Tim asintió.

—Veamos.

Tim sonrió. No se sentía muy alegre, así que la sonrisa pareció un poco forzada, pero seguía siendo una sonrisa.

—Excelente —dijo Miranda—. Maravilloso. Sigue sonriendo y antes de darte cuenta te habrás convertido en una estrella de la tele.

Tim miró a los periodistas. Estaba nervioso. Entonces advirtió algo más. Detrás de los periodistas había tres enormes cobertizos alargados y, justo delante, había aparcados varios aviones y helicópteros. Aunque estaban muy lejos, Tim logró reconocer algunos: un Sikorsky Sea King, un Westland Wessex y un Gazelle.

Comprendió lo que debían de ser los cobertizos alargados: los hangares donde las fuerzas aéreas estanislavas guardaban sus helicópteros.

En el fondo de su mente, Tim sintió los principios de un plan.

Era un plan peligroso. Podía ser un mal plan. Pero era el único que tenía.

Tim se llevó un dedo a la boca y se mordió la uña.

Sir Cuthbert se agachó y comprobó su aspecto en el retrovisor del Range Rover. Se alisó el pelo, se retocó el cuello de la camisa y se ajustó la corbata. Todo parecía perfecto. Se enderezó, miró a Miranda y sonrió a Tim.

—Nos haremos un par de fotos con el coronel, y

luego te subiremos al avión de vuelta a Londres. ¿Preparado?

Tim asintió.

—Muy bien. Allá vamos y que no pare la música.

Sir Cuthbert empezó a caminar a paso vivo hacia el grupo de periodistas. Tim, Grk y Miranda corrieron tras él. Cuando habían recorrido unos diez metros, Grk se detuvo y olisqueó el asfalto. Entonces alzó la pata e hizo pis.

Tim miró a Miranda.

—No importará, ¿no?

Miranda observó la manchita de pis en el asfalto.

—No creo. Hace tanto calor que se secará en cinco minutos.

Sir Cuthbert había advertido que Miranda y Tim se habían detenido y los llamó con la mano.

—¡Nada de entretenerse, por favor!

—Sí, señor —dijo Miranda. Le hizo un guiño a Tim, y corrieron tras sir Cuthbert.

A Tim estaba empezando a caerle bien Miranda.

Cuando llegaron a la multitud, uno de los periodistas reparó en Tim. Alzó su cámara e hizo varias fotos. Su movimiento alertó al periodista que estaba a su lado, quien también alzó su cámara. Como un enjambre de insectos, todos los periodistas se dieron la vuelta para mirar a Tim. Lo apuntaron con sus cámaras y micrófonos. Le hicieron preguntas a gritos. Pero todos gritaban al mismo tiempo, así que no pudo entender nada de lo que decían. Sus voces se mezclaban, como el zumbido de abejas furiosas.

Miranda se agachó y le susurró al oído, para que nadie más que él pudiera oírla.

—Ignóralos. Finge que no están ahí.

Tim miró a los periodistas. ¿Cómo iba a ignorarlos? ¡Eran tantos! ¡Y hacían tanto ruido!

Miranda le pasó a Tim el brazo por encima de los hombros y avivó el paso hacia el lugar donde sir Cuthbert hablaba con un hombre que llevaba gafas de sol negras. Era el mayor Raki. Cuando los vio venir, el mayor se sacó un teléfono del bolsillo e hizo una rápida llamada.

Los periodistas hacían tanto ruido que Tim no oía nada más, ni siquiera el sonido bajo y grave que procedía de un lugar cercano a sus pies. Era el sonido de Grk gruñendo.

El mayor Raki terminó su llamada y se volvió hacia sir Cuthbert.

—El coronel Zinfandel estará aquí dentro de un minuto.

—Muy bien —dijo sir Cuthbert. Sonrió a Tim y a Miranda—. Esto es excitante, ¿verdad?

Tim asintió. Miranda sonrió. Grk gruñó. Pero ninguno le oyó.

Todos los periodistas se dieron la vuelta y apuntaron sus cámaras en otra dirección. Habían visto al coronel Zinfandel, que caminaba hacia ellos acompañado por diez soldados con brillantes uniformes. Bajo el resplandeciente sol, el coronel Zinfandel tenía un aspecto magnífico. Con sus hombros anchos y musculosos, su nariz larga y recta y sus ojos confiados y chispeantes, era la imagen perfecta de un gran líder.

Las cámaras filmaron al coronel Zinfandel mientras cruzaba la pista y al llegar junto al pequeño grupo de la embajada británica. El mayor Raki saludó. El coronel le devolvió el saludo. Sir Cuthbert dio un paso al frente y abrió la boca para hablar.

En ese momento, Grk abrió la boca también. Sus dientes afilados brillaron a la luz. Se abalanzó contra el tobillo del mayor Raki.

Tim vio lo que sucedía justo a tiempo. Tiró del cordel. Unos centímetros antes de que los dientes de Grk se clavaran en el tobillo del mayor Raki, el cordel se tensó. Grk saltó hacia atrás y aterrizó a los pies de Tim.

Por suerte, nadie más había visto lo que pasaba. Estaban demasiado ocupados mirando al coronel Zinfandel y a sir Cuthbert.

—Buenos días, coronel —dijo sir Cuthbert—. Es un gran placer verle hoy.

—Y a usted, sir Cuthbert —repuso con una sonrisa el coronel Zinfandel. Sabía que las cámaras estaban filmando cada movimiento que hacía y que los micrófonos grababan cada palabra que pronunciaba—. Tengo entendido que uno de sus compatriotas ha venido a nuestro país en una misión romántica.

—Una misión muy romántica —replicó sir Cuthbert—. Aquí está. Le presento a Timothy Malt, un jovencito extraordinario de Londres.

Sir Cuthbert empujó a Tim hacia delante. El coronel Zinfandel sonrió.

—Es un gran placer, Tim —dijo—. He oído hablar mucho de ti. Estoy encantado de conocerte por fin.

Tim estaba confundido. Ya se habían conocido, un rato antes. Pero decidió que era mejor no decir nada. Así que hizo lo que le había sugerido Miranda, y tan sólo sonrió.

—Bienvenido a nuestro país —dijo el coronel Zinfandel—. ¿Te ha gustado lo que has visto?

Tim no respondió. Sólo siguió sonriendo.

Al coronel Zinfandel no pareció importarle.

—Excelente —dijo—. Me alegro de oírlo.

Entonces sir Cuthbert y el coronel Zinfandel se estrecharon la mano. Los periodistas sacaron cientos de fotos.

Tim advirtió algo extraño: cuando sir Cuthbert y el coronel Zinfandel se estrechaban la mano, no se miraban el uno al otro. Sus ojos nunca abandonaban las cámaras.

Tim miró a Grk. Era el momento de poner su plan en marcha. Dio un paso atrás y empezó a caminar por la pista. Nadie advirtió que se marchaba. Todos estaban demasiado preocupados por salir bien en las fotos. Corrió hacia los hangares.

Justo cuando pensaba que había escapado sin que nadie lo viera, una pesada mano se posó sobre su hombro. Tim se dio media vuelta y se encontró al mayor Raki mirándolo.

—¿Adónde vas?

—Al servicio —respondió Tim.

—Yo te llevaré.

—No es para mí. Es para él —dijo Tim señalando a Grk.

El mayor Raki y Grk se miraron. Grk le mostró los dientes. El mayor no mostró nada: era imposible ver su expresión tras las gafas oscuras.

—Necesita un jardincillo. Está desesperado —dijo Tim.

—Muy bien —asintió el mayor Raki—. Pero regresa inmediatamente, ¿de acuerdo?

—Sí.

—Por allí. —El mayor Raki señaló la verja que marcaba el perímetro—. Allí encontrarás hierba.

—Gracias.

Tim y Grk echaron a andar en la dirección que había señalado el mayor Raki.

Después de diez pasos, Tim se detuvo y se dio la vuelta. Tal como esperaba, el mayor Raki no los estaba mirando ya. Corría de vuelta junto al coronel Zinfandel.

—¡Vamos! —le susurró Tim a Grk.

Echaron a correr juntos. No en la dirección que les había indicado el mayor Raki, hacia la verja, sino justo en la dirección contraria: hacia los hangares bajos y alargados.

Tim esperaba que en cualquier momento alguien le gritara que se detuviese. No sabía quién sería: el mayor Raki o Miranda o sir Cuthbert o uno de los periodistas o uno de los muchos soldados que pululaban por el aeropuerto. Sin embargo, para su sorpresa, no gritó nadie.

Grk corría a su lado. Tim todavía sujetaba el cordel que tenía atado al cuello, pero era completamente innecesario. No tenía que tirar de Grk. De hecho, era Grk quien tiraba de él.

Corrieron hacia el hangar más cercano.

El hangar tenía más o menos la misma altura que un autobús de dos pisos y más o menos la misma longitud que quince autobuses aparcados en fila.

Cuando Tim y Grk llegaron al extremo del hangar, se detuvieron. Tim necesitó unos segundos para recuperar el aliento. Luego, dio lentamente la vuelta a la esquina con el aire de quien vive libre de preocupaciones. Sabía que, si uno echa a correr cerca de unas instalaciones militares, se arriesga a que los soldados lo tomen por una amenaza. Y los soldados están entrenados para disparar primero y preguntar después.

Rodearon la esquina, y Tim parpadeó. Durante un instante, se quedó tan sorprendido, y tan emocionado, que ni siquiera pudo moverse. En toda su vida había visto tantos helicópteros. Algunos estaban guardados dentro del hangar, con las aspas sujetas o desmontadas. Otros estaban aparcados fuera. Uno de ellos, un Westland Wessex verde, esperaba en la pista, listo para despegar. Sus aspas giraban lentamente una y otra vez. Tim vio al piloto sentado en la cabina, con su casco y su uniforme militar.

A Tim le encantaban los helicópteros, pero rara vez había tenido la oportunidad de verlos. Su padre lo había llevado a tres exhibiciones aéreas. En una ocasión, visitaron el Museo Imperial de la Guerra en Duxford. De vez en cuando, Tim se fijaba en los helicópteros que sobrevolaban Londres. Aparte de eso, sólo veía helicópteros en los libros o en la tele. Nunca había hecho esto: acercarse a un hangar y ver veinte helicópteros diferentes. Todos de diferentes formas. Todos de diferentes tamaños. Todos de diferentes modelos. Ninguno era especialmente moderno o superavanzado; de hecho, la mayoría ya había sido descatalogados de los ejércitos británico, francés y norteamericano. Probablemente las fuerzas aéreas estanislavas los habían comprado de segunda mano por un precio irrisorio. Pero eso no importaba. Seguían siendo helicópteros hermosos y brillantes, en perfecto estado.

Grk siguió trotando, tirando del cordel que llevaba atado a su collar. Miró a Tim.

Tim asintió. Grk tenía razón. No había tiempo para mirar los helicópteros. Había cosas que hacer.

La mayoría de los helicópteros estaban vacíos. Si Tim se subía a alguno de ellos, nadie lo detendría. Pero había un problema: con sus juegos de simulación, Tim había aprendido a pilotar helicópteros, pero no a ponerlos en marcha.

Eso sólo dejaba una opción. Tendría que usar el Wessex que estaba aparcado en la pista con el motor encendido, las aspas rotando y el piloto sentado en la cabina.

Tim cruzó corriendo la pista. Grk trotaba a su lado. Se colaron en el hangar, luego dieron la vuelta y corrieron hacia el Wessex, acercándose desde atrás, para que el piloto no los viera.

Tim tenía un plan para hacer salir al piloto del helicóptero. Sólo había un problema: el plan involucraba a Grk. Para que funcionara, Grk tendría que distraer la atención del piloto. Pero ¿cómo podía decirle Tim a Grk lo que tenía que hacer? ¿Y lo haría Grk?

No había tiempo para preocuparse por eso. Probablemente ya habían advertido su ausencia. Miranda y sir Cuthbert lo estarían buscando. Todavía peor: el mayor Raki lo estaría buscando también.

Llegaron a la parte trasera del Wessex. Tim se agachó y desató el cordel del collar de Grk. Sobre ellos, el rotor de cola giraba y giraba, haciendo un ruido terrible. Tim miró a Grk, y señaló un punto al otro lado del helicóptero.

—¡Ve allí!

Grk miró a Tim.

—¡Ve allí! ¡Vamos, Grk! ¡Ve allí!

Grk meneó la cola. Sabía que estaban jugando a algún tipo de juego, pero no comprendía las reglas.

—Por favor —dijo Tim—. Ve allí. Por favor, Grk. ¡Ve allí! ¡Vamos!

Grk agitó la cola aún más furiosamente, pero no se movió. «Dime las reglas —parecía estar diciendo—. Dime las reglas, y jugaré a lo que quieras.»

Tim se mordió las uñas. Si tuviera un palo, podría haberlo arrojado. O una pelota de tenis. Pero no tenía nada.

Se mordió de nuevo una uña. Si la vida continuaba siendo así de difícil, pronto se quedaría sin uñas.

Comprendió que sólo podía hacer una cosa. No era agradable, pero sí necesaria. Cogió a Grk en brazos. Grk era un perro pequeño, así que pesaba muy poco. Tim corrió por el lado del Wessex, cuidando de que el piloto no lo viera. Cuando llegó al extremo, se detuvo y lanzó a Grk por los aires.

Grk giró, trazando un arco perfecto. Sus cuatro patas se agitaron a la desesperada. Aterrizó en la pista con un fuerte PLUM que fue seguido rápidamente por un ¡AYYY!

Tim dio un respingo al imaginar cuánto debía de haberle dolido aquello.

Grk se quedó tendido en el asfalto un momento, aturdido. Entonces rodó y miró a Tim. Su mirada parecía decir: «Creí que te gustaba... ¡pero estaba equivocado!» Después de unos segundos, Grk bajó los ojos y empezó a lamerse una de las patas traseras.

21

El teniente Milos Dimyat se había pasado veintitrés años trabajando para las fuerzas aéreas estanislavas, pero nunca había visto un perro en la pista.

Hasta ese día.

El teniente Dimyat era uno de los pilotos más experimentados de las fuerzas aéreas estanislavas. Había pilotado aviones británicos, alemanes, rusos y franceses. Era famoso por su experiencia con los helicópteros Sikorsky. Se había pasado un año entrenándose con las fuerzas aéreas rusas, y otro en Texas, trabajando con las fuerzas aéreas norteamericanas. Había pasado la mayor parte de su vida en el aire o frecuentando aeródromos. Y nunca había visto un perro en la pista.

Hasta ese día.

Miró a través del parabrisas de su helicóptero Westland Wessex y vio a un perro sentado en la pista. Un perro pequeño de pelaje blanco y negro, y una cola respingona.

El perro no se limitaba a estar sentado. Se lamía las patas. Como si no tuviera otra preocupación en el mundo. Como si no se diera cuenta de que estaba sentado junto a un helicóptero grande y potente cuyas aspas podían cortarlo en cien pedazos.

El teniente Dimyat se sintió enormemente irritado. Miró al perro, y esperó a que se marchara.

Veréis, el teniente Dimyat tenía un problema: le gustaban los perros. De hecho, le encantaban. Si no le hubieran gustado los perros, habría dejado que los rotores cortaran al chucho en cien pedazos, que la corriente de aire se los llevara volando y que el siguiente helicóptero los aplastara al aterrizar en la pista. Pero el teniente Dimyat y su esposa tenían tres perros (un Yorskhire Terrier, un Whippet, y un Schnauzer miniatura, por si os interesa). No iba a dejar que un perro vagabundo se quedara sentado en la pista y resultara herido. Se quitó el casco, se soltó el cinturón de seguridad y, tras levantarse del asiento, bajó del helicóptero. Si no hubiera estado tan preocupado por el perro, se habría acordado de apagar el motor.

Al otro lado del helicóptero, Tim esperaba y observaba. Se había tumbado en el suelo para que no lo viera. Se agachó junto a la cureña del helicóptero (en otras palabras, las ruedas) y miró a Grk.

Después de diez o quince segundos, Tim vio una

bota. Después otra bota. Y luego vio que ambas botas cruzaban la pista en dirección a Grk.

—Eso es —se dijo Tim para sí. Cogió la puerta del helicóptero y la abrió. Usando todas sus fuerzas, se aupó a la cabina.

Dentro, el ruido era sorprendente. El motor rugía. Los rotores giraban en lo alto, bramando con cada rotación. Tim ensordeció. Le dolían los oídos... y sólo llevaba un par de segundos dentro del helicóptero.

Contempló aterrorizado el interior de la cabina. Era sorprendentemente compleja. Cada centímetro estaba cubierto de botones, diales, indicadores y luces parpadeantes. Tim comprendía lo que hacían dos de los diales. Ése era el altímetro; medía la altura sobre el suelo. Y ese otro, el velocímetro; medía la velocidad a la que se iba. Pero ¿y el otro centenar de diales? ¿Qué hacían?

Tim no tenía tiempo para preocuparse por ellos. A través del parabrisas, vio al piloto, que extendía los brazos y recogía a Grk del suelo. Al cabo de un momento, se daría la vuelta y vería a un desconocido ocupando su asiento.

Tim se abrochó el cinturón de seguridad. Agarró los controles, uno en cada mano. Se deslizó hacia delante, hasta el borde de su asiento, y descubrió que apenas podía alcanzar los pedales con la punta de los pies.

«Vale —pensó Tim—. Ya está. ¿Puedo pilotar este trasto?»

En la pista, el teniente Dimyat advirtió que el perro llevaba un cordel atado al collar. Colgando del collar, pudo ver un disco redondo, del tamaño de una moneda pequeña, con algunas palabras grabadas. El perro no era un vagabundo. Tenía dueño. Alguien se preocupaba por él. Alguien lo amaba. El teniente Dimyat decidió que su deber era devolver el perro a su propietario. Extendió las manos y cogió al animal.

En ese momento, oyó un ruido extraordinario. Parecía como si las aspas del helicóptero hubieran empezado a girar más rápido. Eso era imposible. Sin embargo, el teniente se dio la vuelta. Cuando vio el helicóptero, se quedó boquiabierto.

Las aspas sí que iban más rápido. Y no sólo eso: había alguien sentado dentro del helicóptero. En su asiento. Sujeto con su cinturón. ¡Le estaba robando el helicóptero!

El teniente Dimyat parpadeó y miró a través del parabrisas. La persona que ocupaba su asiento parecía pequeñita. ¡Quien le estaba robando el helicóptero era un enano!

Las aspas giraron cada vez más rápido. En unos segundos, el helicóptero tendría suficiente potencia para despegar.

Como todos los demás oficiales del Ejército y las fuerzas aéreas estanislavas, el teniente Dimyat llevaba arma. No pudo coger la pistola inmediatamente, porque llevaba un perro en brazos. Así que soltó al perro, y echó mano a la pistola.

Por segunda vez en el mismo día, Grk cayó a la pista.

La primera vez, se sintió confuso, molesto y desorientado. La segunda, se enfureció.

Se dio media vuelta y mordió el tobillo más cercano que pudo encontrar.

El teniente Dimyat apuntó con la pistola al enano que le estaba robando el helicóptero.

Su dedo se cerró sobre el gatillo.

En ese momento, sintió un dolor terrible en el tobillo izquierdo. Se sorprendió tanto que dejó caer la pistola. El arma voló de su mano y resbaló por la pista.

Bajó los ojos. El perro lo estaba mirando. Le pareció distinguir una sonrisita de satisfacción en su cara.

—Maldito... —dijo el teniente Dimyat.

Antes de que pudiera terminar la frase, el perro se dio media vuelta y echó a correr hacia el helicóptero. La puerta se abrió un instante. El perro saltó al interior. La puerta se cerró.

En cuanto la puerta se cerró, el helicóptero se estremeció. Se agitó. Y despegó del suelo.

El teniente Dimyat se sintió morir. Entonces se dio cuenta de lo que estaba pasando. Era un plan. Un plan maligno para hacerlo quedar como un idiota. ¡Un perro y un enano le estaban robando el helicóptero!

No se paró a pensar. Si hubiera pensado con claridad, habría corrido por la pista, recogido la pistola y disparado un par de tiros contra el motor del helicóptero. Tan cerca, habría estropeado el motor, y el helicóptero se habría posado a salvo.

Pero el teniente Dimyat estaba demasiado furioso para pensar con claridad. Así que corrió directamente hacia el aparato, que estaba despegando. El helicóptero se levantó ligeramente en el aire. El teniente corrió más rápido. El helicóptero se levantó un poco más... Justo antes de que echara a volar, el teniente se lanzó contra la cureña y se agarró a una de las ruedas.

Tengo una pregunta para vosotros. ¿Podéis hacer todas estas cosas al mismo tiempo?

Frotaros el ombligo con la mano izquierda.

Palparos la cabeza con la mano derecha.

Seguir con los pies el ritmo de alguna canción.

Si no podéis, ni se os ocurra intentar pilotar un helicóptero.

Cuando se pilota un helicóptero, hay que hacer montones de cosas a la vez. Algunas de ellas son obvias. Hay que mirar por la ventanilla y comprobar que no vas a chocar contra nada. Hay que tener cuidado con los árboles, las torres, los cables, los edificios, los pájaros, los aviones y otros helicópteros. Hay que mirar todos los instrumentos que tienes en el panel de control, que te dicen a la altura en que estás, lo rápido que vas y el combustible que te queda.

Al mismo tiempo, tienes que usar las dos manos y los dos pies.

Tus pies controlan los pedales. Si pisas el pedal izquierdo, giras a la izquierda. Si pisas el pedal derecho, giras a la derecha.

Mientras tanto, tu mano izquierda controla una palanca llamada mando de control colectivo. Hace que el helicóptero suba y baje.

¿Y tu mano derecha? Controla otra palanca, que se encuentra entre tus rodillas. Se llama mando de control cíclico, y hace que el helicóptero se mueva hacia delante, hacia atrás y hacia los lados.

¿Parece complicado? ¿Sí? Bueno, lo es. Pilotar un helicóptero es terriblemente complicado. No os molestéis en intentarlo a menos que tengáis un Cociente Intelectual elevado, músculos fuertes en los brazos y las piernas, un buen instructor y muchas horas libres para practicar.

Afortunadamente para Tim, había pasado muchísimas horas jugando a juegos de simulación de helicópteros en su ordenador. Lo sabía todo sobre el mando de control cíclico, el mando de control colectivo y los pedales. Aunque nunca había pilotado un helicóptero de verdad, sabía exactamente lo que tenía que hacer.

Empujó hacia delante el mando de control cíclico, y el helicóptero avanzó hacia las nubes. Pisó el pedal izquierdo, y el helicóptero giró a la izquierda. Tiró del mando de control colectivo, y el helicóptero se alzó en el aire.

No podía creer que todo estuviera saliendo tan bien.

Entonces miró hacia abajo y vio a un hombre colgando de una de las ruedas.

22

Al otro lado del aeropuerto, el coronel Zinfandel y sir Cuthbert posaban para las cámaras. Ambos tenían grandes sonrisas en el rostro y respondían por turnos las preguntas de los periodistas.

—Coronel Zinfandel —dijo uno de los periodistas—, ¿tiene previsto visitar Gran Bretaña?

El coronel Zinfandel sonrió.

—Siempre he querido visitar Londres, y tomar el té con la reina. Pero sigo esperando mi invitación.

—No tendrá que esperar mucho —dijo sir Cuthbert.

El periodista volvió su atención hacia el embajador británico.

—¿Significa eso, sir Cuthbert, que el coronel Zinfandel recibirá pronto una invitación para tomar el té con la reina?

—No puedo asegurar nada —contestó sir Cuthbert—. Pero espero que la amistad entre nuestros países sea fuerte y fructífera.

El coronel Zinfandel miró al grupo de periodistas.

—¿Hay alguna pregunta más?

Varios periodistas levantaron la mano. El coronel señaló a una de ellos.

—Sí, usted. La señorita rubia. Sí. ¿Cuál es su pregunta?

La periodista era una mujer rubia que todavía no había intervenido. Hablaba un inglés con un fuerte acento.

—Soy escritora de la revista femenina *Casa y Hogar*. Quería hacerle una pregunta. ¿Cuándo hablará el chico inglés? Timothy Malt. A mis lectoras les gustará saber de él.

El coronel Zinfandel asintió.

—Por supuesto, sí, hablará ahora. Pueden hacerle todas las preguntas que quieran. ¿Sir Cuthbert?

—Sí, sí —dijo sir Cuthbert—. Magnífica idea. Que Tim responda a algunas preguntas.

Miró a su alrededor, pero no encontró ni rastro de Tim. Así que miró a Miranda.

—¿Dónde está?

Miranda se encogió de hombros.

—Llevó al perro a dar un paseo.

—¿Llevó al perro a dar un paseo? ¿Durante una conferencia de prensa? —Sir Cuthbert apretó los dientes—. Encuéntrelo, Miranda. Y rápido.

—Sí, señor —dijo Miranda. Se abrió paso entre la

multitud y corrió por la pista en la dirección que había tomado Tim.

El mayor Raki la siguió.

Cuando Miranda se marchó, sir Cuthbert sonrió a los periodistas.

—Tim ha tenido que marcharse un momento. Ya saben cómo son los niños. Nunca se están quietos. Volverá dentro de un segundo. Antes de eso, ¿tienen más preguntas?

Varios periodistas levantaron la mano.

—Sí —dijo sir Cuthbert señalando a un periodista—. Usted. ¿Cuál es su pregunta?

El periodista abrió la boca, pero no habló: se quedó mirando algo por encima de la cabeza de sir Cuthbert.

—Vamos, vamos —dijo sir Cuthbert—. ¿Va a hacer una pregunta o no?

El periodista abrió aún más la boca, pero siguió sin hablar.

En ese momento, sir Cuthbert oyó un fuerte zumbido a sus espaldas. Parecía como si una abeja enorme se estuviera abalanzando hacia su cabeza. Se dio la vuelta y vio de dónde procedía aquel terrible estrépito: al otro lado de la pista, cerca de los hangares, despegaba un helicóptero. Era un Westland Wessex verde, y parecía que le colgaba algo de una de sus ruedas.

La multitud jadeó cuando el helicóptero se escoró a la izquierda y se precipitó hacia el suelo.

Hubo otro jadeo colectivo cuando el helicóptero giró a la derecha y se alzó en el aire. Si el helicóptero hubiera sido humano, se podría haber pensado que había bebido tres botellas de vino con el almuerzo.

Mientras el helicóptero avanzaba a trompicones hacia el grupo de periodistas, el coronel Zinfandel no daba crédito a sus ojos.

—Pero... Pero... ¡Pero si ése es mi helicóptero!

Sir Cuthbert lo miró asombrado.

—¿Su helicóptero?

—Sí. ¡Ése es mi helicóptero privado!

—¿De verdad? ¡Extraordinario! ¿Y quién cuelga de las ruedas?

Durante un segundo, el coronel Zinfandel se sintió demasiado escandalizado para hablar. Luego dijo, en voz baja y furiosa:

—Es mi piloto.

—Curiosa forma de pilotar un helicóptero —dijo sir Cuthbert—. Colgado de las ruedas. ¡Qué poco convencional!

—No creo que esté pilotando el helicóptero —susurró el coronel Zinfandel.

—¿Ah, no? —Sir Cuthbert parecía sorprendido—. Entonces ¿quién lo pilota?

—No lo sé. Pero lo averiguaré. Y cuando lo averigüe, le...

Dejó sin decir el resto de la frase, como si fuera a hacer algo tan horrible que no se pudiera expresar con palabras.

El coronel Zinfandel y sir Cuthbert vieron cómo se les acercaba el helicóptero, oscilando dramáticamente de un lado a otro. Cada bamboleo amenazaba con hacer caer al hombre que colgaba de las ruedas, que no dejaba de agitarse de izquierda a derecha. Sus piernas se movían desesperadamente, como si intentara encontrar asidero en el aire.

El grupo de periodistas estaba entusiasmado. Un niño perdido de Londres, un perro, un helicóptero borracho con un hombre colgando de las ruedas... ¡Esa historia se ponía cada vez mejor! Los periodistas escribían frenéticamente en sus libretas, y filmaban con sus cámaras, y llamaban por teléfono a sus editores. ¡QUE DETENGAN LAS ROTATIVAS!

Cuando el helicóptero se acercó más, se precipitó hacia el suelo. Segundos antes de estrellarse en la pista, alzó el morro y giró a la izquierda, virando peligrosamente hacia los periodistas. La mayoría de ellos se agachó. El helicóptero pasó rozando sobre sus cabezas al tiempo que las aspas giraban una y otra vez con un rugido ensordecedor.

Volaba tan bajo que desde el suelo pudieron ver el interior de la cabina y los rasgos del piloto. Se quedaron boquiabiertos al reconocerlo.

—Oh, cielos —farfulló sir Cuthbert—. ¡Es él! ¡Es Timothy Malt!

—Timothy Malt —repitió el coronel Zinfandel, en tono bajo y ominoso.

Sir Cuthbert gritó a todo pulmón:

—¡Timothy! ¡Timothy! ¿Qué estás haciendo? ¡Baja de esa cosa!

Aunque Timothy Malt hubiera podido oír a sir Cuthbert, no le habría hecho ningún caso. Estaba demasiado concentrado pilotando el helicóptero. El sudor le corría por la frente. Le dolían los brazos. Pilotar ese helicóptero era como cabalgar en un animal salvaje. Tim se sentía como un *cowboy* en un caballo loco, un potro indomable que se movía de un lado a otro intentando hacer caer a su jinete.

Trató de acercarse a la pista. La primera vez falló y casi chocó contra el grupo de periodistas. Así que volvió a ascender. El helicóptero se echó atrás. Grk cayó contra el asiento y chilló. Tim pisó el pedal izquierdo, empujó la palanca de control y empezó a bajar a tierra.

Esta vez, se dirigió a una zona de hierba despejada. El helicóptero descendió. Tim sabía que tenía que acercarse al suelo lo máximo posible y luego ascender inmediatamente.

Se acercó al suelo, dando a su pasajero la oportunidad de saltar. El teniente Dimyat aprovechó la oportunidad, se soltó y cayó hacia tierra. La caída sólo fue de un par de metros. El teniente Dimyat había recibido un buen entrenamiento en paracaidismo, así que sabía aterrizar sin hacerse daño. Sus dos pies golpearon el suelo al mismo tiempo, dio una voltereta y eludió el golpe.

Timothy ya había vuelto a tirar de la palanca de control. El helicóptero remontó el vuelo.

El mayor Raki alzó su pistola y se dispuso a disparar.

Cuando el helicóptero volaba hacia el grupo de periodistas, el mayor vio inmediatamente quién lo pilotaba. Supo cómo detenerlo. Desenfundó su pistola, y la sostuvo con ambas manos para asegurarse de no fallar el tiro.

Apuntó. Con un buen disparo, alcanzaría el motor del helicóptero y el aparato caería al suelo. Si tenía suerte, puede que incluso estallara en una enorme bola de fuego. Al pensar en eso, la boca del mayor Raki dibujó una sonrisa cruel. Apuntó con la pistola. El helicóptero alzó el vuelo, y el mayor Raki tensó el dedo sobre el gatillo.

Cuando apretaba el gatillo, recibió un empujón. La bala salió de la pistola, cruzó la pista y fue a dar en el costado del hangar.

El mayor Raki se volvió y apuntó de nuevo. Pero ya era demasiado tarde. El helicóptero se había elevado demasiado, y no podía alcanzarlo.

Así que se dio media vuelta y apuntó a la persona que lo había empujado.

Miranda no alzó los brazos. Tampoco parecía asustada, ni suplicó piedad. Simplemente, sonrió.

—Si yo fuera usted, bajaría esa pistola.

—¿Y por qué habría de hacer eso? —replicó el mayor Raki.

—Porque no quiere dispararme.

—¿Y por qué no?

—Porque soy una representante del gobierno británico. Si me dispara, estará declarando la guerra a Gran Bretaña. ¿Qué pensaría de eso el coronel Zinfandel?

El mayor Raki sabía que tenía razón. Pero no iba a darle la satisfacción de decirlo. Enfundó la pistola y dejó atrás a Miranda sin mirarla siquiera.

Una mujer lo había hecho quedar como un estúpido. Al mayor Raki no le gustaba que lo tomaran por estúpido, ni le gustaban las mujeres. Un día, se prometió, se vengaría de esa irritante inglesa. Un día no muy lejano.

23

Era una suerte que Tim tuviera buena memoria. De lo contrario, el helicóptero habría sido completamente inútil. Habría volado en círculos y más círculos, sin saber adónde ir.

Pero recordaba el camino desde el aeropuerto de Vilnetto hasta el centro de la ciudad: había recorrido una carretera y dejado atrás la prisión donde estaban confinados los hermanos Raffifi. Desde el cielo, Tim viró el helicóptero y miró a través del parabrisas.

Grk apretó el hocico contra el cristal y miró por la ventana. Era la primera vez que volaba en helicóptero, y parecía estar disfrutando de la experiencia.

Grk y Tim contemplaban el paisaje, que se extendía, como un mapa, a decenas de metros bajo sus pies. Desde el helicóptero, todo parecía pequeñito. Los coches parecían cajas de cerillas. Los edificios parecían libros. Las cabezas de las personas parecían pepitas de manzana.

Y allí, extendiéndose desde el aeropuerto como una franja de lazo gris, estaba la carretera. En el horizonte, Tim divisó una nube de humo marrón y sucio. Eso debía de ser el centro de Vilnetto. Si seguía la carretera, encontraría la prisión. Hizo girar el helicóptero, sobrevoló la carretera y la siguió hacia la ciudad.

Los helicópteros se desplazan deprisa.

El grupo de periodistas vio cómo ascendía hacia el cielo, dudaba unos segundos, y luego se dirigía a Vilnetto. Un minuto después, el helicóptero desapareció en el horizonte.

Inmediatamente, los periodistas corrieron a sus coches. Querían seguir el helicóptero hasta la ciudad y ver adónde iba a continuación.

Al mismo tiempo, el coronel Zinfandel gritaba furiosamente al mayor Raki.

La cara del coronel Zinfandel estaba roja como un tomate. Si se volvía más roja, probablemente explotaría. Estaba furioso por tres motivos. Primero, porque le habían robado su helicóptero. Segundo, porque lo habían hecho quedar como un idiota. Tercero, quien lo había hecho quedar como un idiota era un niño pequeño.

El mayor Raki asintió, pero no dijo ni una sola palabra. Cuando el coronel Zinfandel estaba enfadado, lo más sensato era quedarse callado.

El coronel Zinfandel dio una serie de órdenes.

Quería que detuviesen el helicóptero. Quería que le trajeran al niño. Quería castigarlo. Castigarlo de verdad y que sufriera horribles dolores. El coronel miró al mayor Raki y susurró:

—Después de esto, nadie se atreverá a robar uno de mis helicópteros.

—No, señor.

—Porque conocerán las consecuencias.

—Sí, señor.

—¿Comprende lo que estoy diciendo?

El mayor Raki asintió.

—Lo comprendo perfectamente, señor.

—Entonces, ¿a qué está esperando?

El mayor Raki dio un taconazo, saludó, y echó a correr por la pista.

A unos pocos metros de distancia, sir Cuthbert estaba interrogando a Miranda.

—No tiene ningún sentido —decía sir Cuthbert—. Ese niño pequeño... pilotando un helicóptero. ¿Por qué iba a hacer eso? ¿Y cómo puede hacerlo? ¿Cómo puede saber pilotar un helicóptero?

—No lo sé, señor —replicó Miranda.

—Extraordinario —murmuró sir Cuthbert.

—Sí, señor.

Sir Cuthbert miró a Miranda.

—¿Sabe usted pilotar un helicóptero?

—No, señor.

—Yo tampoco. ¿Cómo es posible que un niño sepa hacerlo? —Sir Cuthbert frunció el ceño—. ¿No será un espía?

—Es muy posible, señor.

—Si lo es, espero que sea de los nuestros.

—Sí, señor.

Sir Cuthbert asintió para sí.

—Nos vendría bien utilizar a unos cuantos chicos como él.

—¿Niños de doce años que sepan pilotar helicópteros?

—Sería muy útil, ¿no?

—Supongo que sí, señor.

—Utilísimo.

—¿Escribo un informe para el jefe del servicio secreto?

—Buena idea —dijo sir Cuthbert. Entonces la sonrisa se borró de su cara—. Oh, cielos. ¿Qué va a decir el ministro de Asuntos Exteriores?

—¿Sobre qué, señor?

—Hemos perdido a ese niño, ¿no? Se supone que debía subir a ese avión. Se supone que iba a volver a Londres para reunirse con sus padres. Le estarán esperando en Heathrow. Oh, cielos. Creo que el ministro se va a poner furioso —dijo sir Cuthbert. A continuación se frotó las manos y añadió—: Vamos, Miranda. No hay tiempo que perder. Tenemos que encontrarlo.

—Sí, señor —dijo Miranda—. ¿Y cómo vamos a hacerlo, señor?

—Tengo una idea. Sígame.

Juntos corrieron por la pista hacia el coronel Zinfandel.

Llegaron justo cuando se marchaba el mayor Raki. El coronel Zinfandel tenía todavía la cara colorada y estaba furioso. Era evidente que ése no era el mejor momento para mantener una conversación con él. Pero sir Cuthbert no tenía más remedio que hacerlo.

—Ah, coronel Zinfandel —dijo sir Cuthbert, bastante nervioso—. ¿Cómo está?

—Nada bien —replicó el coronel—. Nada, nada bien.

—Lamento muchísimo oír eso. La cosa es que, verá, tenemos un pequeño problema. Ese niño, Timothy Malt. ¿Lo recuerda? Claro que lo recuerda. Bueno, de algún modo tenemos que hacerlo regresar a Inglaterra. Verá, sus padres le están esperando, y el ministro de Asuntos Exteriores se molestará muchísimo si tienen que esperarlo demasiado tiempo.

—Sí, tiene usted razón —dijo el coronel Zinfandel—. Timothy Malt es un problema. Un gran problema. Por suerte, tengo una solución perfecta.

—¿Ah, sí? ¿De verdad?

—De verdad.

—Magnífico —dijo sir Cuthbert—. ¿Y cuál es exactamente su solución?

—Uno de mis cazas perseguirá al helicóptero y lo abatirá con un misil. El pequeño Timothy Malt morirá en una gran explosión —dijo el coronel Zinfandel echándose a reír. Entonces recordó lo enfadado que estaba, y dejó de reír inmediatamente.

—Esto... bien. Hum. Lo cierto es que no creo que sea una buena idea.

—Es una idea buenísima —respondió el coronel Zinfandel.

—No, no —dijo sir Cuthbert—. Tengo que advertirle de que no debería poner en peligro a ese niño. Si le causa algún daño, sentirá toda la fuerza del descontento del gobierno de Su Majestad británica.

El coronel Zinfandel se irguió. Orgulloso y colérico, el coronel Zinfandel era un hombre impresionante. Escupió sus palabras:

—¡Pero ha robado uno de mis helicópteros!

—Es posible —dijo sir Cuthbert—. Sin embargo, es ciudadano británico. El gobierno del Reino Unido le garantizará todo tipo de protección.

—¿Todo tipo?

—Sí.

El coronel Zinfandel sonrió.

—¿De verdad? ¿Y si lo mato con un misil? ¿Qué harán ustedes entonces?

—Haremos lo que sea necesario —replicó sir Cuthbert.

—Hagan lo que quieran.

Con estas palabras, el coronel Zinfandel giró sobre sus talones y se marchó.

—Oh, santo cielo —dijo sir Cuthbert mientras veía marcharse al coronel—. Oh, rayos y centellas. ¿Qué vamos a hacer ahora?

—No lo sé, señor —dijo Miranda señalando al otro lado de la pista—. Pero será mejor que hagamos algo rápido. ¡Mire!

Sir Cuthbert miró en la dirección que indicaba Miranda.

Al otro lado de la pista, dos aviones de caza se disponían a despegar. Sus motores rugían. Uno tras otro, se lanzaron al cielo. Se alejaron del aeropuerto, volando en la dirección que ya había seguido el helicóptero.

—Oh, cielos —exclamó sir Cuthbert mientras contemplaba los cazas—. ¿Qué van a hacer?

—Van a derribarlo, señor —dijo Miranda.

—¡Deténganlos! ¡Deténganlos!

—Sí, señor —dijo Miranda. Se dio la vuelta y corrió hacia el aparcamiento donde estaban los coches de la embajada.

Una vez a solas, sir Cuthbert sacudió la cabeza. Vio otros dos cazas que se disponían a despegar.

—Oh, rayos —murmuró—. ¿Qué va a decir ahora el ministro?

24

Cada minuto que Tim pasaba en el aire, su habilidad como piloto mejoraba. Volaba con más fluidez, y sin agitarse tanto. Comprendió que pilotar un helicóptero de verdad es muy distinto a pilotar un simulador en un ordenador.

Naturalmente, hay una gran diferencia. Si estrellas un helicóptero en el ordenador, puedes pulsar un botón y empezar el nivel de nuevo con otro helicóptero, el tanque lleno de combustible, un montón de munición y una vida nueva. Si estrellas un helicóptero de verdad, no tienes una segunda oportunidad. Pero Tim intentó no pensar en eso.

Volaba a unos ciento cincuenta metros sobre el terreno. Si hubiera volado cerca de torretas, chimeneas o rascacielos, ciento cincuenta metros no habría sido altura suficiente. Pero sobrevolaba una carretera que atravesaba el campo, y las únicas estructuras eran granjas, vallas y cobertizos.

En el horizonte vio un gran edificio gris y achaparrado, rodeado de altos muros. Lo reconoció. Era la prisión que le señaló el conductor. Allí era donde encontraría a los chicos Raffifi. Tim pisó el pedal izquierdo y el helicóptero se ladeó suavemente a la izquierda y se dirigió hacia la prisión.

Volaba rápido. Después de tres o cuatro minutos, se encontró sobre la prisión. Debajo, vio los muros exteriores, cubiertos de alambre de espino.

La prisión estaba protegida como una fortaleza: tras el primer muro había un foso, y luego dos muros más. Tim sobrevoló los muros, buscando un sitio donde aterrizar.

Dentro de la prisión, todas las ventanas tenían barrotes. Todas las puertas estaban cerradas. Todos los pasillos estaban protegidos por dos guardias uniformados, y cada guardia llevaba una pistola, una porra y tres juegos de esposas. Nadie había escapado jamás de la prisión de Vilnetto. Por suerte, Tim no lo sabía. De lo contrario, tal vez habría dado la vuelta con el helicóptero y habría volado en dirección contraria.

Tim sobrevoló el patio; parecía un buen sitio para aterrizar. Entonces recordó algo.

No sabía aterrizar.

Tim sabía pilotar un helicóptero. En su ordenador, podía disparar misiles y lanzar bombas. Podía esquivar torretas y rodear árboles y luchar contra otros helicópteros. Sin embargo, no tenía ni idea de cómo aterrizar.

—Agárrate —le dijo a Grk—. Esto podría ser peligroso.

Grk se asomó a la ventana y sacudió la cola. Se lo estaba pasando bien.

Tim se concentró con todas sus fuerzas. Usando los pedales y las palancas, fue bajando cada vez más. En el patio, vio a unos cuantos prisioneros y unos cuantos guardias, mirando al cielo. Mirándolo a él. Tim no tenía tiempo de preocuparse por ellos. Se debatió con los controles.

Grk ladró.

—Vale, vale —dijo Tim—. Agárrate.

Grk volvió a ladrar. Había visto dos figuritas en un rincón del patio. Grk reconoció su forma. Les ladró con todas sus fuerzas esperando que lo saludaran. No lo hicieron, así que ladró aún más fuerte.

Tim empujó la palanca de control hacia delante. La nariz del helicóptero apuntó hacia abajo, y el aparato se precipitó hacia el suelo. Grk resbaló del asiento y chocó contra el parabrisas. Gimió.

El suelo se abalanzaba hacia ellos.

Tim tiró de la palanca. El helicóptero resbaló sobre el patio, apenas un par de palmos por encima del asfalto. La gente corría para proteger su vida.

Grk resbaló por el helicóptero, rebotó en el asiento y se golpeó la cabeza contra el codo de Tim, que empujó involuntariamente la barra de control hacia delante.

—¡No! —gritó Tim.

Pero ya era demasiado tarde. El helicóptero se abalanzó contra el suelo. En el parabrisas no se veía más que asfalto. En el último momento, justo antes de estrellarse, Tim tiró de la palanca. El helicóptero se elevó. Unos pocos centímetros más y lo habría conseguido. Casi esquivó el suelo. Casi, pero no del todo. Su cola chocó contra el asfalto, se rompió y se hizo mil pedazos. El helicóptero se volcó de lado, se estremeció y chocó contra el muro.

Por todo el patio, guardias y prisioneros se quedaron de una pieza, inmóviles por la sorpresa.

Pedazos de metal y cristal volaron por los aires. La gasolina se derramó por el suelo. Del tanque de combustible empezó a salir humo. Las llamas lamieron las aspas rotas.

Dos figuras salieron del helicóptero siniestrado. Una de ellas, un niño, se frotaba la cara con las manos. La otra, un perrito, se sacudió.

Entonces el helicóptero estalló en una brillante bola de fuego, y las dos figuras desaparecieron en medio de una nube de humo negro.

Los helicópteros tienen grandes tanques de combustible. El Westland Wessex puede alojar unos dos mil litros de gasolina en su depósito. Eso es igual que cuarenta coches. Cuando cuarenta coches explotan, hacen un gran ruido.

La gente oyó la explosión por toda la prisión. Los guardias quedaron paralizados por el pánico. Los prisioneros se entusiasmaron. Todos dieron por supuesto que alguien estaba haciendo volar por los aires la prisión.

En su despacho, el alcaide cogió el teléfono rojo y pidió refuerzos.

En el patio, el helicóptero ardía ferozmente. Brillantes llamas acariciaban los restos. El cristal se rompía y saltaba en pedazos. El metal hervía y se combaba. Una torre de humo se encaramaba hacia el cielo, como una señal que podía verse desde kilómetros a la redonda.

Un helicóptero militar está repleto de armas y munición. El calor de la explosión actuó como detonante y prendió todas y cada una de las armas. Los misiles salieron volando. Las balas rebotaron en todas direcciones. Las chispas cayeron en cascada. El cristal caliente chisporroteó. Columnas de humo cubrieron el cielo. Parecía una exhibición de fuegos artificiales en la fiesta de un millonario.

Por toda la prisión explotaban balas y misiles. Los barrotes se soltaron de las ventanas. En las murallas se abrieron agujeros. Se iniciaron incendios. Las llamas lamieron los ladrillos.

Por toda la cárcel, los prisioneros se dieron cuenta

de que ésa era su gran oportunidad: si atravesaban los agujeros de las murallas, estarían libres. Así que empezaron a hacerlo.

Tim se había quemado el pelo. Tenía la cara negra. De los agujeros de sus ropas salía humo. Se puso en pie como pudo y buscó a Grk.

Tras él, vio el metal retorcido y el cristal roto que antes fuera el helicóptero. A través de las llamas, distinguió un agujero en el muro: la explosión debía de haber hecho saltar los ladrillos. Pero no había ni rastro de Grk.

Se dio la vuelta y buscó en la otra dirección.

¡Allí! ¡Allí estaba! ¡Cruzando el patio!

Antes de la explosión, el pelaje de Grk era negro y blanco. Ahora era todo negro. Parecía que lo habían asado a la barbacoa. Pero estaba vivo, y libre, y todavía podía correr muy rápido. Tenía la lengua fuera. Estaba loco de excitación y expectación.

Grk cruzó corriendo el patio, dirigiéndose hacia dos figuras pequeñas en una esquina: un niño y una niña. Cuando los alcanzó, dio un salto y se arrojó a los brazos de ella.

Natascha Raffifi se sorprendió tanto que se quedó sin habla. Pero no necesitó decir nada: tan sólo abrazó a Grk. Un par de lágrimas asomaron en el rabillo de sus ojos y corrieron por sus mejillas. Grk alzó la cabeza. Con su lengüecita rosa, le lamió las lágrimas.

Diez segundos más tarde, llegó Tim. Miró al niño y a la niña. Se sintió cohibido y torpe. Había recorrido cientos de kilómetros para conocer a esa gente... y ahora que los tenía delante no se le ocurría nada que decir.

«Tal vez —pensó—, debería darme la vuelta e irme a casa sin decir nada.»

Pero eso habría sido una tontería. Así que sonrió y dijo:

—Hola.

Los dos hermanos Raffifi lo miraron. Ambos parecían muy confundidos. Ya podréis comprender por qué. Estaban dando su paseo habitual de media tarde por el patio de la cárcel cuando un helicóptero cayó del cielo, se estrelló contra un muro y explotó en llamas. Como si eso no fuera suficiente, dos figuras tiznadas salieron de los restos. Una de ellas era su perro, y la otra, un niño con pecas y acento inglés. ¿Os ocurren ese tipo de cosas todos los días? Si os ocurren, vuestra vida es mucho más emocionante que la mía.

Max fue el primero en recuperarse de la sorpresa.

—¿Quién eres? —preguntó.

—He venido a devolveros a vuestro perro —dijo Tim—. Es vuestro perro, ¿verdad?

La pregunta de Tim en realidad no necesitaba ninguna respuesta. Con ver a Grk, se sabía inmediatamente que había encontrado a sus dueños. Estaba sentado en los brazos de Natascha, pasándole la lengua por la cara, como si sus mejillas estuvieran cubiertas de chocolate.

En ese momento, dos aviones de caza surcaron la prisión, volando bajo. Divisaron la columna de humo y trazaron un círculo en el cielo.

Tim comprendió que los pilotos verían exactamente lo que había pasado y llamarían por radio pidiendo refuerzos. Tal vez incluso se estarían preparando para lanzar una bomba o disparar algunos misiles. Miró a su alrededor. Había tres guardias a la izquierda. Uno de ellos hablaba por un *walkie-talkie*.

—Muy bien —dijo Tim—. ¿Cómo vamos a salir de aquí?

25

Max y Natascha miraron a Tim. Luego se miraron entre sí y empezaron a discutir furiosamente en estanislavo.

Tim no entendió lo que decían. Contempló el patio. Inmediatamente después de la explosión, los guardias y los prisioneros todavía estaban demasiado aturdidos para moverse. Ahora empezaban a recuperarse. Los guardias se estaban reagrupando. Eran hombres adultos con pistolas y porras. Tim y los hermanos Raffifi no podrían hacer nada contra ellos.

—Perdón… —dijo Tim.

Ninguno de los dos hermanos le hizo caso. Probablemente ni siquiera lo habían oído.

—¿Hola? ¿Hola? —dijo Tim, un poco más fuerte—. ¿Os acordáis de mí?

Esta vez, los hermanos Raffifi lo oyeron, pero no le hicieron caso. Siguieron discutiendo entre sí. Así que Tim alzó ambas manos y gritó:

—¡CALLAOS!

Los dos niños dejaron de discutir y miraron a Tim.

—Lamento haber gritado, pero no hay tiempo para discutir. ¡Tenemos que salir de aquí ahora mismo!

Max negó con la cabeza.

—No. Eso no es posible.

—¿Por qué no?

—Porque nuestros padres están también encerrados en esta prisión. No podemos marcharnos sin ellos.

Tim se llevó la mano izquierda a la boca y se mordió una uña. Recordaba lo que había dicho el coronel Zinfandel: los padres de Max estaban muertos. El señor y la señora Raffifi habían sido abatidos mientras trataban de escapar de la prisión.

En ese momento, Tim se enfrentó a una decisión terrible. ¿Debía desvelar lo que sabía? No podía hacerlo; no podía decirles a esos dos niños que sus padres habían sido asesinados. Así pues, ¿debía fingir que no sabía la verdad? Entonces, Max y Natascha insistirían en quedarse en la prisión para encontrar a sus padres, y los matarían también. Sus muertes no tendrían ningún sentido. Morirían intentando salvar a dos personas que ya estaban muertas.

—Nunca encontraremos a vuestros padres en este lugar —dijo Tim—. Con suerte, escaparán por su cuenta. Tenemos que salir de aquí, y tenemos que hacerlo ahora mismo.

Natascha y Max se miraron el uno al otro. Sus vidas habían sido mucho más complicadas que la de Tim, pero, a pesar de ello, ésa era una de las decisiones más difíciles que se habían visto obligados a tomar.

Max miró a Tim.

—¿Quién eres? ¿Cómo te llamas?

Tim miró hacia el patio. Uno de los guardias había sacado una pistola. Otro había sacado su porra.

—Me llamo Timothy Malt. Podéis llamarme Tim. Pero eso no importa. Tenemos que salir de aquí.

—¿De dónde eres? ¿De Inglaterra?

—Sí.

—¿Y qué edad tienes?

—Doce años.

Max miró a Natascha.

—Tiene la misma edad que tú.

—¿Y qué? —dijo Natascha.

—Es sólo un crío. No voy a aceptar órdenes de un crío.

—Mi edad no importa —intervino Tim—. Lo que importa es si tengo razón o no.

Max negó con la cabeza.

—¡La misma edad de mi hermana menor! ¿De verdad esperas que acepte órdenes de alguien que tiene doce años?

—No te estoy ordenando que hagas nada —dijo Tim—. Sólo te digo que tenemos que salir de aquí. Ahora mismo.

—Pero no sé nada de ti —replicó Max—. Puede que seas un mentiroso. O un espía.

—No lo soy.

—Eso es lo que tú dices. Pero ¿cómo sé yo que estás diciendo la verdad? ¿Por qué debo confiar en ti?

—Ha traído a Grk —interrumpió Natascha—. Si ha hecho eso, me alegro de confiar en él.

Dejó en el suelo su amado perro. Grk se volvió y ladró alegremente.

—Vamos —dijo Natascha, y le tendió la mano a Tim—. Vamos. Si Max quiere quedarse, puede hacerlo.

Tim le cogió la mano a Natascha. Juntos corrieron hacia el helicóptero, que todavía estaba expulsando columnas de humo negro.

Max los vio marchar.

¿Qué debería hacer? ¿Tratar de luchar contra guardias armados? ¿O confiar en un niño de doce años al que no conocía de nada?

Contempló el patio y miró los altos muros. Por lo que sabía, sus padres todavía seguían encerrados en una de aquellas celdas, confinados tras los barrotes de aquellas ventanas.

Dejarlos parecía la cosa más horrible que había hecho jamás. Pero sabía que tenía que hacerlo. No le quedaba más remedio.

Miró los altos muros y pronunció unas cuantas palabras silenciosas. Hizo una solemne promesa.

—Prometo que volveré y os rescataré —dijo—. No importa el tiempo que necesite, mamá, papá, volveré a por vosotros.

Aunque Max dijo estas palabras en la intimidad de su propia mente, las oyó con tanta claridad como si las hubiera gritado con todas sus fuerzas.

Entonces echó a correr detrás de los demás.

26

La prisión era un edificio enorme que albergaba a más de tres mil prisioneros. Algunos eran asesinos. Otros eran ladrones. Algunos no habían pagado sus impuestos. Otros no habían hecho nada más que criticar al coronel Zinfandel.

Cuando se apoderó del país, el coronel Zinfandel envió a sus soldados a detener a sus enemigos, esposarlos, subirlos a camiones militares y arrojarlos a la cárcel. El coronel tenía un montón de enemigos, así que la prisión estaba abarrotada.

Ahora, después de la explosión, todos los prisioneros tuvieron la misma idea: ser libres. Asesinos, ladrones, defraudadores de impuestos, enemigos del coronel Zinfandel y todos los demás... querían la libertad. Corrían por los pasillos, gritando y chillando, buscando una salida, un agujero en el muro que los llevara a la libertad.

¿Y los guardias? ¿No se suponía que debían vigilar a los prisioneros?

La mayoría de los guardias eran personas sensatas. Sabían cuándo los habían derrotado. Era su trabajo, pero no querían que los mataran por cumplirlo. Así que se encerraron en las celdas y esperaron a que llegaran refuerzos.

—Por aquí —dijo Tim—. Seguidme.

Condujo a la familia Raffifi hasta el humeante helicóptero. Las llamas chisporroteaban en el metal roto, y el humo negro se perdía en el cielo. El aire estaba caliente, y el calor les abrasaba las mejillas y la frente.

—Por aquí —dijo Tim—. ¡Rápido! No tenemos mucho tiempo.

Max miró a través del humo.

—¿Adónde nos llevas?

—Fuera de este lugar —contestó Tim empujando a Natascha hacia delante.

Con cada paso, el calor se intensificaba. Era como si los estuvieran asando. Tim sintió que se le freían las mejillas. Bajo sus pies, las ascuas quemaban las suelas de sus zapatos. Cuando se detuvo un momento a comprobar que los demás le seguían, sus zapatos empezaron a derretirse; bajó la mirada y vio que de sus pies surgían pequeños parches de vapor. Empezó a dar saltitos y a correr sobre la marcha. Si se quedaba quieto, las suelas derretidas lo dejarían pegado al suelo.

—Por ese agujero —le susurró a Natascha, y señaló una abertura en los ladrillos. La explosión había abierto una brecha en el muro de la prisión. Durante su vuelo en el helicóptero, Tim había visto que al otro lado había una muralla, luego un puente sobre el foso, luego otra muralla. Después de eso, serían libres.

Grk daba saltitos como una marioneta a la que le han cortado las cuerdas. No tenía zapatos, así que las ascuas le quemaban las patas. Cuando Natascha pasó por el agujero del muro, Grk saltó agradecido tras ella. Al otro lado, Natascha se sacudió el polvo y los pedacitos de ladrillo de la ropa. Grk se tumbó a sus pies y se lamió las patas calientes tratando de enfriarlas con la saliva.

Max pasó por el agujero y, finalmente, lo hizo Tim. Miró alrededor. Se hallaban en un estrecho pasadizo. A cada lado, se extendían hacia el cielo altas murallas sin ventanas.

Max contempló el pasadizo.

—¿Por dónde? ¿Por allí? ¿O por allí?

Tim no sabía qué camino seguir: ambos extremos del pasadizo parecían exactamente iguales. Sin embargo, antes de que pudiera responder, tomaron la decisión por él. Un hombre enorme apareció al otro extremo. Sus piernas eran gruesas como postes telefónicos, y sus manazas parecían puñados de plátanos rosas. Iba vestido con uniforme de guardia y llevaba una porra. Empezó a correr hacia los niños.

—Oh, no —susurró Natascha mirando horrorizada al guardia—. ¿Qué hacemos ahora?

El guardia corrió hacia ellos, agitando la porra y avanzando con toda la velocidad que le permitían sus piernas.

—No lo sé —dijo Tim—. ¿Quedarnos y luchar? ¿O huir?

—Quedarnos y luchar —respondió Max. Cerró los puños y esperó a que el guardia los alcanzara.

A los pies de Natascha, Grk se lamió los labios, y luego empezó a gruñir. ¡Si iba a haber lucha, estaba preparado!

A Tim no le gustaba pelear. Pero no tenía ningún deseo de quedar como un cobarde. Así que cerró también los puños y esperó.

El guardia corrió hacia ellos. Cuando alcanzó a los niños no se detuvo. Continuó corriendo a toda velocidad y pasó de largo.

Los niños se miraron, sorprendidos y confusos.

Otro hombre dobló la esquina y empezó a correr hacia ellos. Gritaba y aullaba.

—¡Vuelve! ¡Vuelve aquí!

En la mano derecha llevaba un palo largo que no dejaba de agitar por encima de su cabeza.

—¡Ven aquí! ¡Gordo cobarde! ¡Ven aquí y deja que te pegue!

Tras él apareció otro hombre. Luego otro. Después dos más. Diez más. Todos llevaban un arma improvisada: un palo, la pata de una silla, una barra de metal retorcido. Eran prisioneros que habían sufrido horriblemente a manos de aquel guardia. Ahora estaban decididos a vengarse.

Corrieron dejando atrás a los niños y siguieron persiguiendo al guardia pasadizo abajo.

Max y Natascha se miraron y empezaron a discutir sobre lo que había pasado.

—No hay tiempo para hablar —interrumpió Tim—. ¡Seguidme!

Corrió detrás del grupo de hombres. Natascha y Grk lo siguieron. Tras un momento de vacilación, también los siguió Max.

Corrieron por el pasadizo, giraron a la izquierda, luego a la derecha, y entraron en un segundo patio. Un puñado de prisioneros corría en la misma dirección: hacia una puerta de madera que se había roto y ahora colgaba de sus goznes.

—Parece que saben adónde van —dijo Tim—. Vamos a seguirlos. Por esa puerta. ¿De acuerdo?

Max y Natascha asintieron.

Los niños se unieron a los prisioneros y salieron por la puerta. Al otro lado, echaron a correr por un camino. Cruzaron el puente sobre el foso.

Después del puente, el camino continuaba durante unos cuantos metros más y luego se detenía. Una enorme puerta de metal lo bloqueaba. Tal vez fuera posible abrir esa puerta... pero sólo con un tanque o una excavadora.

Al otro lado de la puerta estaba la libertad. A este

lado, los hombres furiosos gritaban y chillaban, exigiendo que abrieran la puerta. Cada vez había más gente. Tim y los hermanos Raffifi empezaron a inquietarse.

Sobre la puerta había una torre de observación. Desde esa torre, dos guardias vigilaban día y noche las murallas con binoculares, asegurándose de que nadie intentara escapar. Ahora, los dos guardias contemplaban al grupo de hombres. Ambos empuñaban pistolas. Una escalera conducía a la torre, pero nadie se atrevió a subirla: todos sabían que los guardias dispararían a cualquier prisionero que fuera más allá del primer peldaño.

Tim miró a los guardias, y luego a la multitud. Los prisioneros estaban sucios, y muchos de ellos parecían malvados. Se preguntó cuántos de estos hombres serían asesinos. ¿Cuántos habían robado bancos? ¿Cuántos habían volado edificios? Ya estaban furiosos. ¿Qué harían cuando se enfurecieran aún más? ¿Lucharían? ¿Matarían? Durante un segundo, Tim recordó su habitación, su ordenador y los paquetes de ganchitos en el mueble de la cocina. ¿Qué estaba haciendo ahí? ¿Por qué no estaba sentadito en casa, comiendo ganchitos y jugando con el ordenador?

Sintió una mano en la suya. Era Natascha. Ella le apretó la mano y susurró:

—No tengas miedo.

—No tengo miedo —dijo Tim.

Natascha se encogió de hombros.

—Yo sí.

Tim asintió.

—La verdad es que yo también.

Se sonrieron.

En ese momento, Max los adelantó, alzó la cabeza y les gritó a los guardias.

—¡Eh! ¡Vosotros!

Max tenía una idea. Sin embargo, nadie le oyó: el ruido de la multitud había ahogado sus gritos. Así que gritó con más fuerza.

—¡Silencio! ¡SILENCIO!

Nadie hizo ningún caso.

Tim le puso la mano en la espalda y lo llamó.

—He entendido todo lo que has dicho.

—¿Y? ¿Qué tiene eso de malo?

—Estás hablando en inglés.

—Bien observado —dijo Max.

Gritó una vez más. Pero, esta vez, en su propio idioma (traduciré el siguiente diálogo para que lo entendáis). Con todas sus fuerzas, Max gritó:

—¡SILENCIO! ¡SILENCIO!

La multitud guardó silencio. Todos ellos miraron a su alrededor. Se quedaron sorprendidos. «Somos asesinos, atracadores de bancos, ladrones de coches y defraudadores de impuestos —pensaban—. ¿Quién se atreve a decirnos que nos callemos?» Cuando se dieron la vuelta y vieron a un chico joven, se sorprendieron aún más.

En medio del silencio, Max llamó a los dos guardias.

—¡Vosotros dos! ¡Los guardias! ¿Podéis oírme?

—Sí. ¿Por qué? ¿Qué quieres, mocoso? —respondió a gritos uno de los guardias.

—Os lo digo por última vez: abrid las puertas y dejadnos salir de aquí.

Cuando oyeron estas palabras, los dos guardias se echaron a reír.

—El ejército llegará dentro de cinco minutos —le gritó a Max uno de los hombres—. Si quieres seguir con vida, niñato, vuelve a tu celda.

—¡Dejadnos salir! ¡Abrid las puertas!

Los guardias se rieron. Esta vez, el otro guardia dio un paso adelante y respondió.

—¿Abrirlas? ¿Para ti? ¿Por qué? ¿Quién te crees que eres?

Max se irguió y gritó:

—Me llamo Max Raffifi, y soy un hombre de honor.

Habría sido esperable que, al oír estas palabras, unos cuantos se rieran o se burlaran. Max no era un hombre: era un muchacho. Comparado con los enormes y musculosos prisioneros que le rodeaban, era esbelto y delgado. Sin embargo, habló con tanta dignidad que nadie se rió.

—¿Me oís?

Los guardias asintieron.

—¡Vuelve a tu celda! —gritó uno de ellos—. ¡El ejército estará aquí dentro de un momento!

Max negó con la cabeza.

—No vamos a volver a nuestras celdas. Vamos a daros una oportunidad. Es ésta.

Habló despacio, con claridad y fuerza, para que todos pudieran oírlo.

—Tenéis dos opciones, y sólo dos. La primera opción es ésta: abrís la puerta y nos dejáis salir.

—Ni hablar —gritó el guardia.

Max continuó.

—La segunda opción es la siguiente: subiremos ahí arriba y os castigaremos como os merecéis.

Uno de los guardias soltó una carcajada.

—Creo que has olvidado algo —dijo agitando su pistola—. Si os acercáis, os mataremos.

—¿Sabes qué? —gritó el segundo guardia—. Hasta podemos disparar ahora —añadió apuntando a Max con su arma.

Max sonrió. No estaba asustado.

—¿Cuántas balas tiene esa pistola? ¿Seis?

El guardia asintió.

—Así es, niñato.

—Tenéis dos pistolas —continuó Max—. Cada pistola tiene seis balas. Entre los dos, sumáis doce balas. Así que podéis dispararme. Y después, podéis disparar a otros once de nosotros. Mataréis a doce. Sólo a doce. Pero ¿qué haréis con el resto?

Los guardias no respondieron. En silencio, contemplaron a la gran multitud de hombres furiosos y fruncieron preocupados el ceño. Bajo la torre de observación se habían congregado doscientos o trescientos prisioneros, y, cada segundo, más hombres cruzaban el puente para unirse a ellos. Max tenía razón. Los guardias podrían matar a doce prisioneros... pero ¿qué eran doce entre trescientos?

Los prisioneros miraron a Max con admiración. Tres o cuatro se adelantaron, y le dieron una palmada en la espalda. Puede que fuera pequeño, delgado y frágil, y que tuviera quince años. Puede que no supiera atracar bancos, ni robar coches. Pero tenía un buen cerebro, y sabía utilizarlo.

En la torre de observación, los dos guardias acercaron las cabezas y se pusieron a murmurar entre sí. No tardaron mucho en tomar su decisión. Sin decir una palabra más, uno de ellos corrió hacia el lado de la torre de observación y pulsó un botón rojo.

La puerta se abrió.

Con un rugido de triunfo, la multitud de prisioneros cargó hacia delante.

27

Los tres niños fueron arrollados por una marea de hombres.

Cada uno fue empujado en una dirección distinta. En cuestión de segundos, se perdieron de vista unos a otros. Como yates diminutos en una tormenta violenta, no pudieron elegir su dirección: simplemente dejaron que el viento los llevara a donde quisiera. Trataron de no ser engullidos por ninguna de las grandes olas y esperaron a ver adónde los llevaba la tempestad.

Tim sintió como si se estuviera sumergiendo bajo el mar. El agua estaba hecha de brazos y piernas y cuerpos, pero seguía teniendo el poder de ahogarlo. Lo aplastaban, lo arrastraban bajo la superficie y lo ahogaban. Cuando vio las estrechas puertas acercarse, tomó aire. Sabía que los hombres se apretujarían aún más para atravesarlas.

Como los niños eran mucho más pequeños que todos los demás, se hundieron bajo las olas de carne humana. Se perdieron. Tim buscó a su alrededor, intentando encontrar a los demás, pero no vio nada. Apenas podía mover la cabeza. Quedó aplastado entre el musculoso brazo de un hombre y los gruesos muslos de otro. No podía respirar; si no hubiera acumulado tanto oxígeno en los pulmones, tal vez se habría asfixiado. Ni siquiera andaba; la enorme presión de cuerpos parecía cogerlo en volandas.

Le dolían los pulmones. Los notaba tensos, como a punto de estallar. Necesitaba aire desesperadamente, pero lo apretaban tanto que no podía encontrarlo.

«Ya está, —pensó Tim—. Me voy a morir. Me van a aplastar.»

Trató de gritar para pedir ayuda, pero de su boca no salió ningún sonido. Ni siquiera pudo agitar los brazos ni las piernas, porque lo apretaban con fuerza por todas partes.

«Voy a morirme», pensó de nuevo.

Se preguntó cómo sería morir. Esperó que no doliera.

En ese momento, atravesó las puertas.

A pocos centímetros de distancia, Grk también atravesaba las puertas. Pegado al suelo, sin ser visto por nadie, Grk se abrió paso entre las piernas de la gente. Una pesada bota le pisó una pata. Grk chilló, pero nadie lo escuchó. Avanzó, tratando de esquivar el bosque móvil de pies que lo rodeaba.

La marea de prisioneros atravesó las puertas y salió al otro lado, a un campo despejado de trigo amarillo. El sol brillaba en el claro cielo azul. Los campos de trigo se extendían hasta el horizonte, bamboleándose suavemente con la brisa.

Tim se sintió como el corcho que escapa de una botella. Cuando la multitud emergió por las puertas, Tim cayó de bruces. Se puso en pie como pudo y logró introducir aire en sus doloridos pulmones. Tosió y escupió, y luego tomó otra larga bocanada de aire.

A su alrededor, los prisioneros tropezaban, se paraban y miraban lo que los rodeaba. Algunos llevaban encerrados en sus celdas veinte años o más. Durante veinte años, habían visto el sol y el cielo a través de los barrotes de sus ventanas. Durante veinte años, no habían contemplado la belleza natural de un campo de trigo, agitándose de un lado a otro con el viento. Sólo habían visto ese tipo de paisajes en sueños. Ahora, al ver el paisaje, se quedaron paralizados por su belleza.

Tim se fijó en un hombre que tenía cerca.

El hombre era enorme. Parecía aterrador, de esos que correrías a esconderte detrás de un coche si los vieras caminando por la calle. Sus antebrazos eran más grandes que la cabeza de Tim. Tatuajes de brillantes colores recorrían toda su carne desnuda: extraños símbolos brotaban en sus tobillos, llevaba palabras raras pintadas en sus manos, y una serpiente escarlata rodeaba su cuello. Su cara era lo peor: tenía un ojo hinchado, una nariz que debía de haberse roto en varias ocasiones y viejas cicatrices repartidas por las mejillas. Para sorpresa de Tim, a pesar de su aspecto aterrador, el hombre estaba obviamente conmovido por la belleza del paisaje. Tal vez era un asesino, un ladrón o un terrorista; sin embargo, al contemplar el campo de trigo a la luz del día, el hombre se llevó una mano tatuada a los ojos, y se secó una lágrima.

Tim sintió que alguien le tocaba el brazo. Se dio media vuelta. Era Natascha.

—¿Estás bien? —sonrió ella.

—Bien —dijo Tim—. ¿Y tú?

—Estoy bien —asintió Natascha—. ¿Has visto a mi hermano?

—No.

Los dos contemplaron la masa de prisioneros que todavía estaba saliendo por las puertas. Era un espectáculo extraordinario. La mayoría de esos hombres eran violentos, desagradables y malvados... pero, al salir dando tumbos por las puertas y ver el paisaje, se transformaban. Sus rostros perdían toda huella de violencia o furia y se iluminaban de alegría.

—¿Por qué no corren? —dijo Tim—. ¿No se dan cuenta de lo que va a pasar?

Natascha lo miró.

—¿Qué es lo que va a pasar?

—Los guardias pidieron refuerzos, ¿no?

—Pero no llegarán hasta dentro de unas horas.

—Antes. ¿Recuerdas esos aviones que vimos? Probablemente también pidieron refuerzos. Dentro de unos minutos llegarán cientos de soldados. Traerán tanques y ametralladoras. Si estos hombres se quedan aquí, no tendrán ninguna oportunidad.

Natascha asintió, y entonces miró a los prisioneros.

—Entonces, ¿qué deberían hacer?

—Correr lo más rápido que puedan —respondió Tim—. Y nosotros también.

—¿No vamos a esperar a los demás?

—Por supuesto —dijo Tim—. ¡Oh, mira! ¡Ahí está tu hermano! —dijo dando un salto y, agitando los brazos, gritó—. ¡Eh! ¡Eh! ¡Por aquí!

A su lado, Natascha gritó también con todas sus fuerzas.

—¡Max! ¡Max! ¡ESTAMOS AQUÍ!

Al otro lado de la multitud, cerca de las puertas, Max se abría paso entre un grupo de prisioneros. Oyó a alguien gritar su nombre.

—¡Max! ¡Max!

Se detuvo y se alzó de puntillas. A través de un bosque de cabezas, apenas pudo ver a Tim, dando saltos y agitando los brazos.

Un par de minutos más tarde, los tres se reunieron. Pero todavía faltaba un miembro del grupo.

—¿Dónde está Grk? —dijo Natascha—. ¿Ha visto alguien a Grk?

Ninguno lo había visto.

—Vendrá pronto —dijo Natascha. Parecía confiada, pero estaba preocupada. Arrugó los labios y silbó.

Los tres empezaron a silbar y a llamar al perro por su nombre.

—¡Grk! ¡Grk! ¡GRK! ¡GRK!

Natascha hizo el silbido especial que sólo ella conocía. Eran tres notas juntas (una aguda, una grave y otra aguda). Grk habría reconocido ese silbido: sabía que nadie excepto Natascha silbaba así. Pero no vino corriendo a su encuentro.

—Vamos a dividirnos —dijo Max—. Cada uno de nosotros puede ir en una dirección.

—Pero tenemos que ser rápidos —añadió Tim—. No nos queda mucho tiempo.

—Vámonos —dijo Natascha en voz baja.

—¿Irnos? —dijo Max mirándola, sorprendido—. ¿Sin Grk?

—Si no quiere venir con nosotros, puede quedarse aquí —respondió Natascha encogiéndose de hombros—. Como dijo Tim, si esperamos más tiempo, los soldados nos capturarán. Tenemos que irnos ahora.

Max parecía preocupado.

—¿Qué pasará con Grk?

—Estará bien.

Tim miró a Natascha, sorprendido.

—¿Estás segura? ¿No te importa dejarlo?

—Claro que me importa. Pero ya nos ha encontrado una vez antes, ¿no? Volverá a encontrarnos.

—Pero ¿y si...? —dijo Tim.

Natascha lo interrumpió.

—Hay algo que tienes que saber sobre Grk. Puede que sea pequeño, y puede que sea estúpido, pero sabe cuidar de sí mismo. Mejor que nosotros.

—Entonces vámonos —dijo Tim—. El ejército llegará de un momento a otro.

Tim se dio la vuelta y empezó a abrirse paso entre la multitud. Los otros dos lo siguieron.

Mientras caminaban, Max pasó el brazo por encima del hombro de Natascha. Se miraron.

—Lo encontraremos. Te lo prometo —susurró Max. Comprendía perfectamente lo que estaba haciendo Natascha: no quería poner en peligro las vidas de los demás sólo por Grk. Por eso sabía que tenían que dejarlo atrás. Para salvar las vidas de Tim y Max, estaba dispuesta a sacrificar lo que más amaba en el mundo.

—Él nos encontrará a nosotros —respondió Natascha—. Vamos. Tenemos que darnos prisa.

Juntos, los tres niños se abrieron paso entre la multitud de prisioneros. Remontaron un bosque de brazos tatuados y corrieron hacia la carretera que salía de la prisión.

Justo más allá de los prisioneros, encontraron un pequeño prado salpicado de margaritas. En la hierba habían colocado un gran cartel.

VILNETTA PIVLAZT SLAMT
PER FLICZT YT RECPTITAPZ
VERBADDTEN VISITATEN NABT FLIRCHT

Como probablemente no sabéis estanislavo, aquí tenéis la traducción:

BIENVENIDOS A LA PRISIÓN DE VILNETTO
POR FAVOR PRESÉNTENSE EN RECEPCIÓN
NO HAY VISITAS SIN CITA PREVIA

El cartel proyectaba una larga sombra sobre la hierba. Allí, tendido a la sombra, Tim y los hermanos Raffifi vieron algo negro y blanco, del tamaño aproximado de un mantelito doblado. Era Grk. Estaba echando una cabezadita, usando la sombra del cartel para protegerse del calor del sol. Cuando vio a los niños, su cola empezó a golpear el suelo.

Max sacudió la cabeza, disgustado.

—¡Ese perro! ¡No nos trae más que problemas!

—Ven aquí —dijo Natascha—. ¡Grk! ¡Ven aquí! —gritó con los brazos extendidos.

Grk se puso en pie de un salto y corrió hacia los niños. Natascha se agachó y le acarició el pelaje.

—Buen chico —susurró—. Buen chico.

—En lugar de aplaudirlo deberías reñirlo —dijo Max.

—¿Por qué?

—Porque hemos perdido un montón de tiempo buscándolo. Si lo educaras mejor, acudiría a ti cuando silbaras.

—No quiero educarlo mejor —dijo Natascha—. Creo que es perfecto tal como es.

Max sacudió la cabeza.

—No deberías...

Pero nadie tuvo oportunidad de oír lo que Natascha debería o no debería hacer, porque Tim lo interrumpió.

—Dejad de discutir. Vámonos.

—No estoy discutiendo —dijo Max—. Le estoy diciendo cómo cuidar de su perro. De lo contrario, nunca aprenderá.

—¿No se lo puedes decir más tarde?

—¿Qué tiene de malo decírselo ahora?

—Pues que tenemos prisa —explicó Tim—. Tenemos que irnos ahora mismo. A menos que quieras que te metan en la cárcel cuando llegue el ejército. O que te maten.

Nadie quería que sucediera eso. Así que Max dejó de discutir, Natascha se levantó, y los cuatro se fueron alejando de la prisión, carretera abajo.

Tras ellos, los prisioneros seguían saliendo por las puertas. Cada segundo que pasaba, la multitud crecía aún más.

Unos cuantos prisioneros corrían a toda velocidad, perdiéndose por la carretera o los campos de trigo y escondiéndose entre los altos tallos. Pero muchos no se movieron. Se quedaron ante la prisión, mirando el cielo, y la carretera, y los campos, y el horizonte difuso. Sintieron el calor del sol en la piel y respiraron el dulce aire de la libertad.

28

Caminaron en fila. Max iba delante, resuelto, manteniendo los ojos fijos en la carretera. Habían llegado a un acuerdo: si Max veía un coche, un tanque, un soldado o cualquier movimiento, silbaría. Ésa sería la señal para que los demás saltaran a los campos que se extendían junto a la carretera y se escondieran entre el trigo.

Max caminaba rápido. Los demás tenían que apresurarse para no quedarse atrás. Era injusto: Max era el más alto y, como jugaba al fútbol y al tenis, también el que estaba más en forma. Podía caminar kilómetros sin necesidad de descansar. Si hubieran estado caminando por el campo por diversión, Natascha se habría quejado y habría obligado a Max a bajar el ritmo. Pero sabía que no caminaban por diversión: caminaban para poder seguir con vida. Así que corría tras él. Hacía mucho calor, y sentían las ropas desagradablemente sudadas, pero nadie se quejaba ni perdía el tiempo.

Natascha caminaba junto a Tim.

—¿Vamos a tener que ir caminando hasta Londres? —susurró.

—No lo sé —contestó Tim—. Espero que no.

—Yo también. ¿Cuánto tardaríamos?

—No lo sé —dijo Tim y, tras pensar un momento, añadió—: Como cosa de un mes, creo.

—¡Un mes! —exclamó Natascha sorprendida—. ¡No puedo andar durante un mes!

—No pasará nada. Eres más fuerte de lo que crees.

Natascha asintió.

—Supongo que tienes razón —dijo bajando la cabeza y concentrándose en caminar.

La verdad es que Tim no estaba seguro de que no fuera a pasar nada. Bajo el ardiente sol, sus gruesas ropas resultaban sofocantes. Se quitó el jersey, pero seguía teniendo calor. El sudor le corría por la frente. Le dolían las piernas, y apenas habían empezado a andar. ¿Podría caminar durante un mes entero? Decididamente no. Ni siquiera estaba seguro de poder andar durante un día entero. Normalmente, caminaba de casa al colegio, y nada más. Pero siguió el ejemplo de los demás y se concentró en andar sin quejarse. Trató de no pensar; tan sólo bajó la cabeza y movió un pie, luego el otro. Un pie, luego el otro. Un pie, luego el otro.

Grk llevaba su lengüecita rosa colgando de la boca, y jadeaba. Tenía demasiado calor. Llevaba un grueso abrigo de piel, pero no podía quitárselo. Sin embargo, Grk no era el tipo de perro que se queja de las cosas.

Como su dueña, bajó la cabeza y se concentró en caminar.

Sonó un silbido ante ellos.

Era Max. Había divisado movimiento por delante en la carretera. Se desvió a la izquierda, y se escondió en el campo de trigo.

Tim se apartó de la carretera. Natascha hizo lo mismo. Grk corrió tras ellos.

Segundos después, un sonido ensordecedor sonó en las alturas. A treinta metros sobre el suelo, siete cazas volaban en ordenada formación, dirigiéndose hacia la prisión.

En cuanto los aviones desaparecieron, Max se puso en pie de un salto.

—Sigamos.

—¿Por qué no nos escondemos aquí? —dijo Natascha—. Si seguimos por la carretera, lo más probable es que nos encontremos con los soldados.

—Aquí seguro que nos encontrarán —aseguró Max.

—¿Cómo? —preguntó Natascha señalando las gruesas filas de trigo, que parecían un bosque impenetrable—. Aquí no nos verían nunca.

—Tendrán aviones. Y helicópteros. Probablemente también traerán perros. No tendríamos ninguna oportunidad. Tenemos que encontrar el pueblo más cercano y escondernos allí. Cuanto más nos alejemos de la prisión, más seguros estaremos.

Natascha asintió.

—Supongo que tienes razón.

—Tengo razón —dijo Max—. Vamos. Ahora.

Grk y los tres niños volvieron a la carretera y empezaron a caminar sobre el asfalto. Estaban acalorados, cansados y hambrientos. Ninguno hablaba.

Pocos minutos más tarde, oyeron un sonido grave y resonante a sus espaldas. Se detuvieron y se dieron media vuelta. El primer retumbo fue seguido de otro, y luego de varios más.

Por encima del trigo bamboleante, vieron columnas de humo negro alzándose hacia el cielo.

—¿Qué es eso? —dijo Natascha—. ¿Qué está pasando?

—Bombas —respondió Max—. Están bombardeando a los prisioneros.

Durante un momento, los demás se quedaron demasiado aturdidos para hablar. Entonces, Tim sacudió la cabeza.

—Cerdos. Esos tipos son unos cerdos.

—No hables así —dijo Natascha.

—¿Por qué no?

—Porque los cerdos son bonitos.

—¿Los cerdos? —preguntó Tim sin saber muy bien qué pensar—. ¿Qué tienen de bonitos los cerdos?

—¿Has visto alguna vez un cerdo? ¿Un cerdo de verdad?

Tim pensó un momento. Había visto beicon en el

supermercado y chuletitas de cerdo en su plato. Pero nunca había visto un cerdo en vivo y en directo.

—Los cerdos son limpios —dijo Natascha—. Y muy inteligentes. Saben lo que es estar encerrado. No lanzarían una bomba sobre alguien que sólo quiere ser libre.

Tim asintió.

—Sí, de acuerdo. Siento haber insultado a los cerdos.

—No te preocupes —dijo Natascha—. Ninguno de ellos te ha oído.

—Vamos —dijo Max—. Cuando lleguemos allí, podréis hablar de animales todo lo que queráis. Ahora no. Ahora tenemos que caminar.

Max echó a andar ansiosamente por la carretera, marcando el ritmo. Los otros inspiraron profundamente y lo siguieron. Notaban el asfalto duro e incómodo bajo los pies cansados, y en sus ropas empezaban a asomar manchas de sudor, pero ninguno se quejó. Bajaron la cabeza y se concentraron en alejarse de la prisión lo más rápidamente posible.

Mientras caminaban, Tim tuvo tiempo de pensar en la familia Raffifi. Le parecían extraños. A menudo no podía entender lo que decían, ni siquiera cuando hablaban en inglés. Parecían estar continuamente discutiendo el uno con el otro (tenéis que recordar que Tim era hijo único, así que no comprendía por qué los hermanos están siempre discutiendo). A pesar de sus rarezas, y del hecho de que Max lo asustaba un poco, ambos le agradaban.

Y lo mejor de todo era que le gustaba Grk. En los días pasados, había llegado a pensar que Grk era su perro. Aunque había cruzado Europa para devolvérselo a sus legítimos dueños, Tim casi esperaba poderse quedar con él. Ahora sabía que no podría hacerlo. Lo cierto era que no era capaz de imaginarse unos dueños mejores para un perro que la familia Raffifi.

Cuando llevaban caminando quince o veinte minutos, Max volvió a silbar.

Se desvió a la izquierda y desapareció entre el trigo. Los otros hicieron lo mismo. Excepto Grk, que se quedó en mitad de la carretera, olfateando el aire, confundido.

Como he dicho ya muchas veces, Grk no era el perro más inteligente del mundo.

Cuando Natascha se dio cuenta de que Grk estaba todavía en la carretera, trató de volver corriendo a cogerlo, pero Max la detuvo. La agarró por el brazo y susurró:

—¡No! ¡Déjalo!

Antes de que Natascha pudiera responder, oyeron el sonido de motores que venían por la carretera en su dirección. El sonido se hacía más fuerte a cada segundo.

—¡Al suelo! —susurró Max—. ¡Escóndete! ¡Rápido!

Natascha se tumbó en el suelo.

—¡Grk! ¡Grk! —le susurró al perro—. ¡Ven aquí! ¡Grk!

Grk la ignoró. Se quedó en mitad de la carretera y miró a los vehículos que se dirigían hacia él. Los motores sonaban ahora muy fuerte. Parecía como si un desfile entero cargara hacia ellos.

Cuando los vehículos se acercaron, Grk ladeó la cabeza y los miró. Parecía estar diciendo: no os tengo miedo. Ni siquiera estoy preocupado.

El convoy pasó de largo con una polvareda. Un TBP abría la marcha (un TBP es un Transporte Blindado de Personal, a medio camino entre el coche y el tanque). El TBP iba seguido por una fila de camiones militares. El suelo temblaba por la fuerza de sus enormes ruedas. Cada camión transportaba treinta soldados, armados con rifles.

Natascha jadeó. ¿Dónde estaba Grk?

Entonces lo vio. En el último momento, había saltado fuera de la carretera. Estaba a un lado, viendo pasar a los vehículos.

El último vehículo del convoy era un Toyota Land Cruiser negro donde sólo iban dos hombres. Tim sintió un gran alivio. ¡Habían sobrevivido! ¡Su escondite había funcionado! En cuanto el Toyota pasara de largo, podrían salir y continuar por la carretera.

Entonces el Toyota se detuvo.

La puerta se abrió, y bajó un hombre.

29

Era un hombre delgado y huesudo, vestido con un traje negro. Llevaba un par de gafas de sol negras que ocultaban sus ojos. Con un rápido movimiento, metió la mano bajo la chaqueta y sacó una pistola de su sobaquera. Apuntó a Grk con la pistola.

Grk ladeó la cabeza y miró el arma.

El hombre se aclaró la garganta y habló con voz alta y clara.

—Voy a dispararle a este perro dentro de cinco segundos.

Tim y los hermanos Raffifi pudieron oír lo que decía. También reconocieron su voz: era el mayor Raki. Ninguno de ellos se movió. Trataron de no respirar.

—Sé que podéis oírme —dijo el mayor—. Y sé que éste es vuestro perro. Así que escuchad: contaré hasta cinco y, a menos que salgáis de vuestros escondites, dispararé al perro. La elección es vuestra. Si queréis salvar al perro, mostraos ahora. —Hizo una pausa, esperando que respondieran. Pero la única respuesta fue el silencio—. Muy bien. Cuando termine de contar hasta cinco, le disparé.

El mayor Raki apuntó con cuidado a Grk.

—Uno.

El trigo se bamboleó. Nadie se movió. Nadie habló.

—Dos.

Un pájaro voló sobre el campo, cantando con fuerza. Luego se marchó, y el silencio regresó.

—Tres.

Grk abrió tanto la boca que podían verse sus dientes pequeños, blancos y afilados. Sus ojos no dejaron de mirar la cara del mayor Raki.

—Cuatro.

El dedo del mayor se tensó sobre el gatillo.

—Cinco.

Antes de que el mayor Raki pudiera disparar, una voz rompió el silencio.

—¡Alto!

El mayor bajó el arma y se volvió hacia el campo de trigo.

Natascha se puso en pie. Miró al mayor Raki con expresión furiosa y desafiante. Se acercó a él, cepillándose briznas de trigo y tierra de la ropa.

—De acuerdo. Puede llevarme de vuelta a la prisión.

El mayor Raki sonrió.

—¿Y tu hermano? ¿Dónde está?

—No lo sé. —Natascha se encogió de hombros—. Lo vi por última vez hace una hora.

—¡Di la verdad, niña!

—Es la verdad. Cuando salimos de la prisión, seguimos direcciones diferentes. De esa forma, quizá cogerían a alguno de nosotros, pero no a los dos.

—¿Y el chico inglés?

—No lo sé. También se fue por otro camino. Como le decía, todos seguimos direcciones distintas.

El mayor Raki sacudió la cabeza. Alzó la pistola y volvió a apuntar a Grk.

—Si no salen, mataré al perro.

—Pero si no están aquí —dijo Natascha—. ¿No lo entiende? No están aquí.

—Entonces, mataré al perro.

El dedo del mayor Raki se tensó sobre el gatillo.

—¡No! —gritó Natascha—. ¡No! ¡Por favor! ¡No!

—Entonces dime: ¿dónde están?

Natascha lo miró, pero no dijo nada.

El mayor Raki se encogió de hombros.

—No me dejas otra elección.

Apuntó con la pistola a Grk y se preparó para disparar.

En ese momento, dos figuras más se pusieron en pie en el campo de trigo. Max y Tim se levantaron a la vez. Ninguno de los dos dijo una palabra. Miraron al mayor Raki con odio en el rostro.

El mayor asintió.

—Como pensaba. ¡Venid aquí! ¡Todos vosotros! ¡Rápido! —gritó mientras apuntaba con el arma a Natascha—. Y ni se os ocurra echar a correr. Esta vez no le dispararé al perro. Le dispararé a ella.

Max y Tim cruzaron el campo de trigo y salieron a la carretera. Grk corrió hacia Natascha, y se detuvo a sus pies. Natascha se agachó y le hizo cosquillas tras las orejas. No era culpa suya que los hubieran capturado; no sabía que hubiera hecho nada malo.

—Subid al coche —dijo el mayor Raki.

—¿Por qué? —preguntó Max—. ¿Adónde nos lleva?

El mayor lo miró.

—Cuando llegues allí, lo descubrirás.

—Me gustaría saberlo, por favor. ¿Adónde nos lleva?

—¡Se acabaron las preguntas! —El mayor Raki abrió la puerta trasera del Toyota—. ¡Subid! ¡Ahora!

Natascha y Max se miraron entre sí. Luego miraron la pistola del mayor Raki. Cada uno supo lo que estaba pensando el otro: si trataban de luchar, les dispararía. Puede que fueran tres, pero no tendrían ninguna oportunidad. Tres niños y un perro no podían derrotar a un hombre implacable con una pistola. Natascha avanzó hacia el Toyota. Subió al asiento trasero, y los otros la siguieron.

El mayor Raki se sentó delante, sin dejar de apuntar a los niños con su pistola. No quería correr ningún riesgo. Le dio una seca orden al conductor, que giró el volante para dar media vuelta y regresar por donde habían venido.

Viajaron en silencio. Tim estaba asustado. Unió las manos sobre su regazo; si no lo hubiera hecho, sus dedos habrían temblado. Le avergonzaba su propio miedo y no quería que los otros vieran cómo se sentía.

Para su sorpresa, los hermanos Raffifi no parecían nerviosos. Ni siquiera parecían preocupados. Natascha y Max miraban el paisaje por las ventanillas, como si fueran al campo una soleada tarde de domingo.

¿Estaban fingiendo? ¿O de verdad no sentían ningún temor? Tim no lo sabía. Y, naturalmente, no podía preguntarlo.

Trató de imaginar una vía de escape, pero parecía imposible. El mayor Raki seguía apuntando a Natascha. Si alguno de ellos trataba de escapar, o intentaba detener el coche, el mayor la mataría.

La carretera continuó a través de los campos de trigo durante un par de kilómetros, luego desembocó en otra carretera más grande que conducía hacia Vilnetto. Dejaron atrás un segundo convoy militar que se dirigía a la prisión. Luego, la carretera quedó vacía.

Max se inclinó hacia delante y rompió el silencio.

—¿Raki? Ése es su nombre, ¿verdad?

Los ojos de Raki se posaron un instante en Max,

luego volvieron a Natascha. Su pistola ni siquiera tembló; el cañón siguió apuntando al pecho de Natascha.

—Sí, ése es mi nombre.

—¿Adónde nos lleva?

—Lo descubrirás cuando lleguéis allí.

—Me gustaría saberlo ahora.

—Muy bien —dijo el mayor Raki con una sonrisa—. Os llevo con el coronel Zinfandel.

—¿Qué quiere de nosotros?

—Tendréis que preguntárselo a él.

Max miró a Natascha y algún tipo de comunicación pareció establecerse entre ellos. Max miró de nuevo al mayor.

—¿Y estarán allí nuestros padres?

—¿Vuestros padres?

—Sí. Nuestros padres. Gabriel y Maria Raffifi. ¿Cuándo los veremos?

—Oh, niños —susurró el mayor Raki. Su voz era tranquila y cruel—. Queridos niños. A vuestros padres les encantaba hablar con vosotros, ¿verdad?

Max se tensó.

—¿Los ha visto?

—Oh, sí.

—¿Ha hablado con ellos?

—Sí.

—¿Qué dijeron? ¿Dónde están?

—Yo estaba vigilando a vuestros padres cuando intentaron escapar.

—¿Escapar? ¿Qué quiere decir, escapar? ¿De qué está usted hablando?

—Hace unas cuantas noches, vuestros padres hicieron una tontería.

El mayor Raki vio el efecto que sus palabras estaban causando en Max y Natascha. Habló despacio, disfrutando del poder que tenía sobre ellos.

—Atacaron a un guardia. Su conducta no me dejó otra elección. Los maté a ambos.

Max estaba tan furioso que no pudo hablar. Su cara se puso pálida. Sus mejillas se volvieron del color de la tiza. Le temblaron las manos.

—Está mintiendo —susurró Natascha—. No le escuches. Está mintiendo.

El mayor Raki sonrió.

—¿No os lo ha dicho nadie?

Max siguió sin hablar. En su regazo, sus manos se convirtieron en puños.

—No vas a cometer ninguna estupidez, ¿verdad? —dijo el mayor. Y agitó la pistola sin dejar de apuntar a Natascha—. Recuerda lo que pasaría si lo haces. Mataré a tu hermana, igual que maté a tu madre y a tu padre.

Sólo había una cosa que Max querría hacer: abalanzarse y golpear con los puños la cara del mayor Raki. Pero sabía que no podía hacerlo. Sabía que su hermana sería la persona que sufriría por ello.

Después de un largo silencio, Max habló. Su voz era tranquila y decidida.

—No olvidaremos lo que ha hecho.

El mayor Raki se echó a reír.

—Para ser un niño, te tomas a ti mismo demasiado en serio.

—Hablo en serio.

—Oh, claro que sí. Y probablemente piensas que me das miedo, ¿no?

—No me importa lo que sienta usted —dijo Max.

—Déjame que te diga una cosa, niño —susurró el mayor Raki—. No me das miedo. Y nunca lo harás.

En ese momento, hubo un destello blanco y negro. Se produjo en la parte delantera del coche, y se abalanzó por el aire. El mayor Raki soltó un grito de agonía y se volvió, llevándose las manos a la cara.

30

Durante los últimos minutos, nadie había pensado en Grk. Se habían olvidado incluso de que existía. Inadvertido, Grk estaba tendido en el suelo, a los pies de Natascha. Observaba y escuchaba. Esperaba. Entonces, aprovechó su oportunidad y se movió.

Grk tenía buena memoria. Recordaba a quién amaba y a quién odiaba. No había nadie a quien amara más que a Natascha y nadie a quien odiara más que al mayor Raki. Durante los últimos días, había estado esperando una oportunidad para vengarse.

Y esa oportunidad había llegado.

Cuando el coche dobló una esquina, Grk se coló por la abertura que había entre los dos asientos delanteros. Nadie advirtió lo que estaba haciendo: el conductor estaba concentrado en la carretera; el mayor Raki dedicaba toda su atención a vigilar a Max y a Natascha; ninguno de los niños veía más que la cara del mayor.

Grk llegó a la parte delantera del coche. Colocó las patas en el asiento delantero, y se dispuso a saltar. Esperó a que llegara el momento perfecto con la boca abierta y todos los músculos en tensión.

Y cuando el momento perfecto llegó, Grk saltó al aire. Sus mandíbulas chasquearon. Con un golpe de sus afilados dientes blancos, mordió un trozo de la cara del mayor Raki.

El mayor Raki estaba preparado para casi cualquier cosa... pero no esperaba que un perro pequeño le arrancara la oreja de un bocado.

Se dio la vuelta, gritando. Sus dedos se tensaron sobre el gatillo de la pistola. Disparó un par de balas, que silbaron por el aire, no alcanzaron a nadie, y rompieron las ventanillas. El aire entró en el coche. Los niños se agacharon. Cuando el mayor Raki se retorció en su asiento, tratando de desprenderse de Grk, chocó contra el conductor y lo derribó a un lado.

—¡No!

El volante giró fuera de control. El coche se salió de la carretera, rebotó en el arcén y se empotró contra un árbol.

El metal se combó. Los cristales tintinearon. Alguien gritó. Luego se produjo el silencio.

31

Nadie se movió. Nadie habló. El tiempo pareció detenerse.

El conductor fue la primera persona en recuperarse. Se enderezó en el asiento, agarrándose la cabeza, y gimió. Pudo sentir algo húmedo en la frente. Lo tocó. La sangre le manchó los dedos. Gimió de nuevo y miró a su alrededor. Al ver lo que le había sucedido al coche, no tardó más de un par de segundos en tomar una decisión: abrió la puerta, saltó del coche y echó a correr lo más rápido que pudo.

En el asiento trasero, Natascha parpadeó y se enderezó. Se frotó la frente. Le dolía todo. Miró a su alrededor: Max y Tim estaban despatarrados.

—¡Eh! —susurró Natascha—. ¿Estáis bien?

Ninguno de los dos respondió, así que tuvo que susurrar más fuerte.

—¡Max! ¡Timothy Malt! ¿Podéis oírme?

Uno a uno, se recuperaron. Max y Tim estaban

aturdidos y doloridos. Volvieron la cabeza de un lado a otro, y agitaron los brazos, para comprobar que no tenían ningún hueso roto.

—¿Estáis bien? —dijo Natascha.

—Todo parece funcionar —respondió Tim.

Max hizo girar las muñecas y los codos.

—Yo también.

—¿Dónde está Grk? —preguntó Natascha.

—¿Y dónde está... ese hombre? —añadió Max. No era capaz de pronunciar el nombre del mayor Raki.

Se asomaron a la parte delantera del coche. Los asientos estaban vacíos, pero una de las puertas estaba abierta, y había un agujero del tamaño de un hombre en el parabrisas. En los añicos de cristal roto, había unas manchas escarlata que no podían ser más que sangre.

—Vamos a salir a mirar —dijo Max.

Natascha asintió, reacia. Le aterraba lo que pudieran encontrar.

Los tres salieron del coche, y se acercaron a la parte delantera. Junto al capó había un árbol que el coche había derribado con el impacto. Un hombre yacía tendido al pie del árbol. Tenía uno de los brazos doblado detrás de la cabeza. Sus ropas estaban manchadas de sangre. No se movía.

—¿Está... está muerto? —dijo Natascha.

—Espera —respondió Max.

Se acercó rápidamente al mayor Raki y se arrodilló a su lado. Con la colisión, las gafas de sol del mayor habían volado a alguna parte. Ahora sus ojos miraban ciegos al cielo. Sus pupilas estaban rígidas. Ningún movimiento perturbaba su piel.

—No respira. Está muerto —asintió Max.

—Oh —susurró Natascha—. No sé si sentirme feliz o triste.

—Feliz —dijo Max—. Debes sentirte feliz. Hay una mala persona menos en el planeta. Es algo de lo que hay que alegrarse.

Tim contempló al mayor Raki. Nunca había visto a un muerto hasta entonces. Se sintió un poco mareado. Lo curioso era que el mayor no parecía especialmente muerto: parecía pacífico y tranquilo. Si sus ropas no hubieran estado empapadas de sangre, Max habría creído que había decidido tumbarse a la sombra del árbol a echar una siestecita.

—¿Dónde está Grk? —preguntó Natascha.

Tim y Max no respondieron. Ambos estaban preocupados. Si el mayor había muerto en el accidente, ¿qué podría haberle pasado a un perro pequeño?

—¡Grk! ¡Grk! —silbó y gritó Natascha. Rodeó el árbol, buscando. Allí, tendido en la hierba, vio un montoncito de pelaje negro y blanco.

Corrió hacia él. Se arrodilló. Grk abrió los ojos, y la miró. Se puso en pie de un salto y se abalanzó hacia ella agitando la cola como si no la hubiera visto desde hacía meses.

Tim se acercó a Natascha.

—Es sorprendente. No parece herido.

—Es un milagro —dijo Max.

A Natascha no le importaba por qué su perro estaba a salvo: sólo le importaba que lo estuviera. Cogió a Grk y lo acunó en sus brazos.

—Bien —dijo Max—. ¿Qué hacemos ahora?

—Salir de Estanislavia —contestó Tim—. Lo más rápidamente posible.

—¿Y cómo vamos a hacerlo?

Natascha se encogió de hombros.

—¿Caminando?

—No —dijo Max—. Está demasiado lejos. Y nos capturarían. La policía debe de estar buscándonos.

Tim miró a los dos hermanos Raffifi.

—¿Sabe conducir alguno de vosotros?

—Yo sé —respondió Max—. No he aprobado el examen, pero sé conducir. ¿Por qué?

—Podríamos conducir hasta la frontera.

—¿En este coche? —preguntó Max señalando el parabrisas destrozado y la ventanilla rota—. Nos detendrían a los cinco minutos.

—Tal vez podríamos encontrar otro coche.

—¿Cómo? ¿Dónde?

—¿Hay alguien que pueda prestarnos un coche? —dijo Natascha—. ¿O llevarnos hasta la frontera?

—¿Como quién?

Todos intentaron pensar. Los abuelos de Max y Natascha vivían en la ciudad, pero la policía estaría vigilando sus casas. Y el coronel Zinfandel ya había mandado arrestar a los amigos más íntimos de Gabriel Raffifi. Guardaron silencio.

—Conozco a alguien que podría ayudarnos —dijo entonces Tim.

32

Decidieron que el Toyota sería útil para recorrer una distancia corta, incluso con el parabrisas roto. Si un policía los detenía, fingirían que llevaban el coche a un taller.

Natascha quiso enterrar el cadáver del mayor Raki, o cubrirlo con algunas hojas, pero Max insistió en que no tenían tiempo.

(En realidad, Max no quería dignificar el cadáver del mayor Raki con un entierro. Por lo que a Max concernía, el mayor ni siquiera merecía que los cuervos devoraran lentamente su cuerpo. Pero sabía que Natascha no estaría de acuerdo con él —ella pensaba que incluso las personas más malvadas del planeta merecían que se les perdonaran sus pecados—, y no quería ponerse a discutir con ella. Así que prefirió argumentar simplemente que no tenían tiempo.)

Dejaron el cuerpo a la sombra del árbol, junto a la carretera, y subieron al Toyota. Max dio marcha atrás para volver a la carretera, y luego enfiló hacia Vilnetto. Para tratarse de alguien que todavía no se había sacado el carnet, conducía con sorprendente habilidad y rapidez.

Durante el trayecto, varios peatones miraron con curiosidad el coche: nunca habían visto un Toyota Land Cruiser con un agujero enorme en el parabrisas, sin una ventanilla, y conducido por un chico de quince años. Max hizo caso omiso y se concentró en la conducción. Por suerte, no se encontraron con ningún policía.

Cuando llegaron al extrarradio de la ciudad, dejaron el coche en una calle residencial, con las llaves puestas. Si alguien lo quería, podía quedárselo. Luego, los tres niños y Grk continuaron su viaje a pie.

Max y Natascha no habían vivido nunca en Vilnetto, porque su padre siempre había estado destinado en diversos países del mundo. Sin embargo, habían pasado muchas vacaciones en la ciudad, en casa de sus abuelos, así que la conocían bien. Después de caminar unos veinte minutos, llegaron a la embajada británica.

—Vosotros esperad aquí —dijo Tim—. Iré solo.

—Deberíamos ir contigo —insistió Max—. Por si tienes problemas.

Tim negó con la cabeza.

—Si me pillan, vosotros seguiréis libres. Es lo mejor. Si no he vuelto dentro de media hora, marchaos sin mí. Intentad llegar a la frontera.

Max no podía discutir con eso. Le impresionaba el valor de Tim. Extendió la mano.

—Buena suerte.

—Gracias.

Se dieron la mano. Luego, Tim también le dio la mano a Natascha y acarició a Grk en la cabeza. Se sentía como un explorador que inicia un viaje peligroso, o como un soldado que parte a la batalla. Era una buena sensación.

Tras dejar a los otros, Tim se encaminó al fondo de la calle y dobló la esquina. Allí, ante él, vio la embajada británica. Y allí, de pie ante la verja, vio la única cosa que no había planeado: un policía.

Durante un par de minutos, Tim se quedó en la calle, mirando al policía, tratando de pensar una estrategia astuta. ¿Había otra entrada? No. ¿Podía entrar sin que lo viera el policía? No. Entonces, ¿qué iba a hacer?

Tim se dio media vuelta, y regresó junto a Max y a Natascha. Por suerte, no se habían movido. Cuando los alcanzó, les pidió ayuda.

El policía montaba guardia ante la embajada británica día y noche. Estaba aburrido. Nunca sucedía nada, de modo que cuando una niña se le acercó y empezó a hablar con él, se sintió encantado. Era una niñita preciosa, de unos doce años, y hablaba un hermoso estanislavo. Le sonrió al policía.

—Discúlpeme —dijo—. Mi gata se ha quedado atrapada en lo alto de un árbol. ¿Quiere ayudarme?

—Lo siento, pequeña —respondió el policía—. No se me permite abandonar mi puesto.

—Por favor. Oh, por favor. Sólo tardará un minuto. Y tiene tanto miedo, atrapada en ese árbol...

El policía miró a la niña.

—Bueno, ¿dónde está?

—En la calle de al lado —dijo ella señalando tras la esquina mientras le sonreía amablemente al policía—. Ahí mismo.

—No sé —dijo el policía—. Va estrictamente contra las normas.

—Por favor. Oh, por favor.

—Muy bien. Pero tendré que ser rápido. ¿Estás segura de que no tardaré más de un minuto?

—Estoy absolutamente segura.

—Vamos, pues.

—Muchísimas gracias —dijo la niña, y condujo al policía calle abajo.

En cuanto el policía dio la espalda, una figura en sombras se coló por la entrada de la embajada británica.

Juntos, el policía y la niña doblaron la esquina hasta que llegaron a una puerta.

—Espere aquí —dijo la niña—. Voy a traer la llave.

—¿Qué llave?

—La del jardín. Espere aquí —dijo la niña sonriendo y se marchó.

El policía no entendía exactamente lo que estaba

pasando, pero parecía una niña linda y educada. Así que se quedó esperando en la calle.

Cinco minutos más tarde seguía esperando, pero la niña no volvió a aparecer.

Cuando el policía le dio la espalda, Tim se coló por la entrada y corrió por el sendero de grava hacia la embajada británica.

Se escondió detrás de un seto y se arrastró junto a la pared. Sobre él veía los contornos de las ventanas. Si se agachaba, podría caminar bajo el nivel de las ventanas. Nadie lo veía.

Se levantó y, lentamente, con cuidado, estiró la cabeza para poder asomarse a una de las ventanas. Grandes pinturas al óleo colgaban de las paredes. En una mesa, junto a un ordenador enorme, discutían dos hombres vestidos con trajes negros. Tim se agachó antes de que pudieran verlo.

Se arrastró sobre la grava hasta la siguiente ventana y se asomó al cristal. Dentro de la habitación vio a una criada. Llevaba un uniforme negro y un delantal blanco. Estaba limpiando los muebles con un plumero rosa. Cuando se volvió hacia la ventana, Tim se agachó y siguió corriendo hacia delante.

Llegó a una tercera ventana. Estaba abierta, así que pudo oír lo que sucedía dentro. Era una voz de mujer. Se agazapó bajo el alféizar, y prestó atención.

—Hay un motín en toda regla —estaba diciendo la mujer—. Los informes hablan de quinientos soldados. Quizás incluso más. —Hizo una pausa. Después de unos segundos, continuó—: No desde que le vieron llevarse el helicóptero, no.

O bien la mujer estaba hablando sola o hablaba por teléfono. Tim se empinó, y se asomó a la ventana.

Al otro lado del cristal vio una habitación pequeña, repleta de archivadores y libros. Un gran escritorio estaba cubierto de hojas de papel. La ocupante de la habitación estaba sentada de espaldas a él, hablando por teléfono. Aunque Tim no podía verle la cara, reconoció su voz. Era la persona que había venido a buscar.

Lentamente, deslizó los dedos bajo la ventana. Suavemente, la alzó. Pulgada a pulgada, la fue levantando.

Dentro de la habitación, la mujer seguía hablando por teléfono.

—También es un misterio para mí, señor.

Cuando la ventana estuvo medio abierta, Tim pasó la pierna izquierda por encima del alféizar y entró en la habitación. Consiguió no hacer ningún ruido. Caminó de puntillas.

—Pues claro que lo haré —rió la mujer—. En cuanto me entere de algo.

Colgó, se dio la vuelta para coger un archivador y vio a Tim. Dio un salto. Se quedó boquiabierta. Luego se echó a reír.

—Eres muy silencioso. Serías un buen ladrón, ¿sabes?

Tim se encogió de hombros y sonrió.

—Prefiero ser espía.

—Bueno. El gobierno de Su Majestad siempre está buscando voluntarios.

—Muy bien —dijo Tim—. Me ofrezco voluntario.

—Tal vez cuando seas un poco más mayor —dijo Miranda acomodándose en su asiento—. ¿Te das cuenta, Tim, de cuántos problemas has causado?

—No. ¿Cuántos?

—Un montón. Miles de personas te están buscando por todo el país. Los periódicos británicos se han vuelto locos. Eres el primer reportaje de todos los noticiarios de televisión. Y el coronel Zinfandel... bueno, digamos que no es un hombre feliz.

Tim se rió.

—No tiene gracia —reprendió Miranda—. Esto es enormemente serio.

—Lo sé. Lo siento.

—Bien —dijo Miranda y, tras levantarse, añadió—: Vamos a buscar a sir Cuthbert.

—No podemos.

—¿Qué quieres decir?

—No podemos decirle lo que pasa.

—¿Por qué no?

Tim explicó lo que había pasado desde la última vez que Miranda y él se habían visto. Describió los aviones bombardeando la prisión, el convoy de soldados, y cómo el cadáver del mayor Raki quedó tendido bajo un árbol junto a la carretera. Le habló de los hermanos Raffifi, y de sus padres.

—Tienen que salir del país. De lo contrario, el coronel Zinfandel los matará.

—Eso no lo sabes.

—Sí lo sé —insistió Tim—. Si los encuentra, los matará. Lo hará, ¿verdad?

Miranda se mordió los labios, y asintió.

—Sólo hay una persona que puede ayudarlos —dijo Tim.

—¿Y quién es?

Tim la miró, pero no dijo una palabra.

Miranda comprendió inmediatamente a quién se refería.

—Oh, no —dijo negando con la cabeza—. Yo no. Ni hablar.

—Por favor, Miranda. Por favor. De lo contrario, Max y Natascha van a morir. Por favor, Miranda. Tenemos que impedir que el coronel Zinfandel los mate, ¿no?

Miranda se quedó un buen rato mirando a Tim. Parecía estar considerando un montón de cosas. Se mordió los labios y miró a su alrededor, y se mordió otra vez los labios un poco más. Finalmente, asintió.

Tim empezó a darle las gracias, pero Miranda alzó una mano para detenerlo.

—Puedes darme las gracias mañana. Si no estamos

en la cárcel. O muertos. Hasta entonces, no te molestes en dármelas. Tenemos demasiadas cosas que hacer. ¿De acuerdo?

—De acuerdo —dijo Tim.

—Bien. Empecemos a movernos.

Miranda trabajó rápido. Recorrió la habitación a toda prisa, recogiendo lo que necesitaba: su pasaporte, su bolso, unas cuantas prendas de vestir y tres grandes bolsas grises. Cada una de las bolsas llevaba impresas en uno de los lados unas letras negras muy grandes: VALIJA DIPLOMÁTICA. PROPIEDAD DEL GOBIERNO DE SU MAJESTAD. Tim quiso preguntar para qué eran las bolsas, y por qué las necesitaba Miranda, pero recordó que ella había dicho que nada de hablar. Así que permaneció callado.

Cuando Miranda hubo metido sus ropas y posesiones en un maletín de cuero, cogió el teléfono y marcó un número. Tuvo una breve conversación que fue más o menos así:

—¿Hola? ¿Sir Cuthbert?

En su despacho, sir Cuthbert respondió al teléfono.

—¿Sí? ¿Sí? ¿Quién es?

—Sir Cuthbert, soy Miranda.

—¡Bien! ¡Quiero saberlo todo! ¿Qué está pasando? ¿Ha hecho algún progreso?

—Acabamos de recibir una llamada de un posible

testigo. Han visto a un niño inglés en un pueblo a unos quince kilómetros de aquí.

—¡Magnífico! ¡Bien! ¡Gran noticia! ¡Vamos!

—Tal vez debería ir yo sola.

—No, no. Quiero ir yo también. Me reuniré con usted en el patio dentro de dos minutos.

—Hay un problema, sir Cuthbert. ¿Y si llama el Ministro de Exteriores? ¿No cree que alguien debería quedarse aquí para responder a su llamada?

—El Ministro de Exteriores —repitió sir Cuthbert—. Sí, sí. Bien pensado, Miranda. Me quedaré aquí y hablaré con él. Me mantendrá informado, ¿verdad?

—Por supuesto, sir Cuthbert.

Miranda colgó el teléfono y le hizo un guiño a Tim.

—Vamos. ¿Dónde están tus amigos?

—Escondidos en la calle de al lado.

—¿Puedes volver a salir por la ventana?

—Claro —dijo Tim.

—Bien. Hazlo. Y llévate esto —dijo Miranda tendiéndole la bolsa a Tim—. Espera fuera. Te recogeré con el coche.

Miranda salió de la habitación y cerró la puerta con llave. Cuando se marchó, Tim lanzó la bolsa por la ventana abierta y saltó tras ella. Sus pies rechinaron contra la grava; confió en que nadie hubiera oído el ruido. Se agachó y esperó sujetando la bolsa.

Después de unos pocos minutos, oyó el sonido de neumáticos. Un Range Rover negro dobló la esquina.

Conducía Miranda. Llamó a Tim, que corrió y se subió al asiento trasero del coche, llevando la bolsa de Miranda.

—Permanece agachado —ordenó Miranda.

Tim se agachó, para que no lo vieran. Miranda salió de la embajada, y saludó al molesto policía que guardaba la entrada, quien no le devolvió el saludo. Miranda aceleró.

—¿Ahora por dónde? ¿Dónde están?

—Primero a la izquierda —dijo Tim desde su escondite.

Giraron la primera calle a la izquierda, y luego se detuvieron a la mitad del camino. Tim abrió la puerta, y comprobó que la calle estuviera vacía. Cuando se hubo asegurado de que nadie podía verlo, silbó como había oído que lo hacía Miranda: una nota aguda, luego una nota grave, luego otra aguda. Casi de inmediato, el seto tembló, y de él surgieron tres figuras descompuestas. Los hermanos Raffifi se sacudieron las hojas sueltas de las ropas y corrieron hacia el Range Rover. Grk se sacudió y trotó tras ellos. Subieron al coche y se sentaron en el asiento trasero.

Miranda se volvió a mirarlos. Sonrió.

—Hola. Soy Miranda. No tenéis que presentaros porque sé quiénes sois. En la embajada hemos recibido un mensaje con vuestras fotografías en el que se os describe como criminales peligrosos. Hay una gran recompensa por vuestra captura.

—¿Cómo de grande? —preguntó Max.

—Diez mil dólares.

Max silbó.

—¿Diez mil? No está mal. Tal vez deberíamos entregarnos y reclamar la recompensa para nosotros mismos —dijo Max mirando a los demás—. ¿Qué os parece?

—Tengo una idea mejor —dijo Natascha—. Podemos entregarte a ti. Entonces recibiríamos la mitad de la recompensa, y no tendríamos que estar aguantándote todo el rato.

—Ja, ja —dijo Max—. Muy graciosa.

Natascha fingió no oírlo. Miró a Grk.

—¿Qué te parece, Grk? ¿Cuántos huesos podríamos comprar con cinco mil dólares?

Tim miró a Max y a Natascha, asombrado por su calma. ¿Cómo podían hacer bromas en un momento como ése? ¿Cómo podían estar tan alegres cuando sus vidas corrían peligro? Eran raros, decidió. Pero también molaban un montón. Deseó que, como ellos, pudiera sonreír y bromear cuando se enfrentara a la muerte.

—En marcha —dijo Miranda—. Pronto empezarán a establecer controles de carretera. ¿Todo el mundo preparado?

Todos asintieron.

—Agarraos.

Miranda pisó el acelerador. Los neumáticos chirriaron, y el Range Rover aceleró hacia la carretera.

33

Estanislavia es un país interior. Eso significa que no tiene fronteras que den al mar. Sin embargo, sus fronteras sí tocan a varios países, así que se puede entrar y salir de Estanislavia por muchas carreteras diferentes. Cada frontera tiene un puesto de aduanas, guardado por soldados que comprueban tu pasaporte e inspeccionan tu coche para asegurarse de que no pasas armas, drogas, cigarrillos baratos ni botellas ilegales de coñac.

Miranda decidió dirigirse hacia uno de los cruces fronterizos más pequeños, en las montañas que rodean el norte del país. Esperaba que allí los guardias estuvieran adormilados y no se molestaran en examinar el coche con atención.

Salieron de la ciudad y tomaron la carretera que conducía al norte. Un gran cartel anunciaba que la frontera se hallaba a trescientos kilómetros de distancia. Tim, Max y Natascha se tumbaron en sus asientos para que no los vieran desde otros coches. Grk se tendió en el suelo, cerca de Natascha.

Mientras conducían, el paisaje fue cambiando. Primero, la ciudad dio paso al campo. Luego, los campos se convirtieron en largos valles, salpicados de pequeñas aldeas dormidas. En el horizonte, vieron montañas nubladas, rematadas de nieve.

Cuando llevaban un par de horas de viaje, el teléfono móvil de Miranda sonó. Lo atendió.

—¿Diga?

—¡Miranda! —La voz de sir Cuthbert resonó metálica a través del teléfono—. ¡Lleva fuera dos horas! ¿Dónde está?

—En un atasco de tráfico.

—¿Ha encontrado al niño?

—No, señor.

—¿No? ¿No? ¿Qué quiere decir con no?

—Quiero decir que no lo he encontrado, señor.

—Eso no es nada bueno —refunfuñó sir Cuthbert—. ¡Vuelva aquí ahora mismo!

—Sí, señor.

—¡Y cuando digo ahora mismo, quiero decir ahora mismo!

—Sí, señor.

—Si no está en mi despacho dentro de diez minutos, yo... yo...

—¿Sí, señor?

—Me enfadaré mucho.

—Muy bien, señor. Lo veré dentro de diez minutos.

Miranda cortó la llamada. Luego desconectó el teléfono.

Tim la miró.

—¿No se meterá en problemas?

—¿Por qué?

—Por desobedecer a sir Cuthbert.

—Oh, me meteré en todo tipo de problemas —dijo Miranda. Tamborileó los dedos sobre el volante—. Probablemente me despedirán. No, no es verdad. Seguro que me despedirán.

Viajaron durante otras dos horas. El paisaje volvió a cambiar: era más irregular y menos acogedor. Se dirigieron a las montañas del norte de Estanislavia, donde vivía poca gente. A ambos lados de la carretera, gruesos bosques cubrían las colinas. En el cielo sobrevolaban los buitres.

Ése es uno de los pocos lugares de Europa donde todavía hay lobos en libertad. Cada mañana, los pastores pierden una o dos ovejas por su culpa. Todos los otoños, los cazadores llegan de la ciudad para cazar lobos. Son hombres ricos con armas grandes. Todos quieren una bonita piel suave para colgarla en la pared de sus casas y alardear delante de sus amigos.

A veces, los ricos abaten a un conejo o una paloma,

pero nunca llegan a ver a los lobos. Los lobos son demasiado listos para ellos. Cada año, los ricos vuelven a la ciudad con las manos vacías, humillados por las montañas y los bosques.

A medida que la carretera ascendía, el aire se volvía más helado. Miranda conectó la calefacción del coche, pero los niños seguían temblando. Natascha recogió a Grk del suelo, y se lo colocó sobre el regazo, tratando de captar algo de su calor.

Veinte kilómetros antes de la frontera, pasaron ante un gran cartel pintado a mano:

ÚLTIMA OPORTUNIDAD PARA COMPRAR GASOLINA EN ESTANISLAVIA. TAMBIÉN VENDEMOS BUEN CAFÉ Y COMIDA CASERA.

Un par de minutos más tarde, llegaron a la estación de servicio. Miranda se detuvo para llenar el depósito. La comida casera se había acabado, pero compró ocho tabletas de chocolate y una botella de agua de dos litros.

En la siguiente curva después de la gasolinera, Miranda se desvió de la carretera y siguió conduciendo hasta que encontró un pequeño carril que algunos árboles ocultaban a la vista. Aparcó el coche. Bajaron. Miranda repartió el chocolate (dos tabletas para cada uno), y todos bebieron agua.

Natascha unió las manos a modo de cuenco, y Max

se las llenó de agua para que Grk bebiera. Cuando Grk lamió el agua en sus manos, Natascha se rió.

—Me haces cosquillas. ¡Basta! ¡Me haces cosquillas!

Grk no hizo caso, y siguió lamiéndole las manos. Tenía sed.

—¿Sabéis el problema que tiene comer? —dijo Tim—. Hace que te des cuenta del hambre que tienes.

—La frontera no debe de estar a más de quince o veinte minutos de aquí —dijo Miranda—. Al otro lado, nos pararemos a cenar. ¿De acuerdo? E invito yo.

—¿No nos estarán esperando? —preguntó Max.

—¿Quién?

—Los soldados. La policía. Los agentes de aduana en la frontera. ¿No tendrán nuestras fotos?

—Probablemente —respondió Miranda.

—Y nosotros no tenemos nuestros pasaportes —añadió Natascha—. Aunque no nos reconozcan, no nos dejarán pasar.

—No habrá problema —dijo Miranda.

—¿Cómo lo sabe?

Sin decir nada más, Miranda se acercó a la parte trasera del Range Rover y sacó su maletín de cuero. Lo abrió, y sacó las tres bolsas grises que había traído de la oficina. Cada una tenía impresas las palabras: VALIJA DIPLOMÁTICA. PROPIEDAD DEL GOBIERNO DE SU MAJESTAD.

Miranda les mostró las bolsas a Max y a Natascha.

—Crecisteis en una embajada, ¿no? Así que debéis saber lo que son.

—Sí, por supuesto —contestó Max.

—Explícaselo a Tim. Él no lo sabe.

Max miró a Tim.

—Nadie puede abrir una valija diplomática. Se utiliza para enviar cosas a la gente de tu embajada.

—¿Qué tipo de cosas? —preguntó Tim.

—Lo que quieras. Pasaportes. Botellas de whisky. Regalos. Sólo la gente de la embajada puede abrir una valija diplomática. Es algo privado, y secreto.

—Nadie puede mirar dentro de una valija diplomática —añadió Miranda—. Ni los soldados, ni los agentes de aduanas, ni siquiera la policía. Como habrás advertido, estas bolsas son particularmente grandes —dijo Miranda alzando una de las bolsas: era tan alta como ella—. Lo bastante grandes para una persona.

Los niños la miraron.

—Es una locura —dijo Max.

—¿Tienes una sugerencia mejor?

Max pensó un instante, luego negó con la cabeza. Natascha señaló a Grk.

—¿Y él?

—Tendréis que compartir bolsa. Vamos, adentro.

Miranda abrió las tres bolsas, y las colocó en el suelo. Eran como largos y finos sacos de dormir. Uno a uno, los tres niños se metieron dentro. Natascha llamó a Grk, que acudió corriendo y saltó dentro de su bolsa.

Miranda abrió el maletero del Range Rover.

—Ahora tenéis que meteros ahí dentro.

Como participantes en una carrera de sacos, los tres niños se dirigieron al coche dando saltitos.

—Vais a estar bastante apretujados —dijo Miranda—. Pero no pasaréis mucho tiempo dentro. Lo siento, pero tendré que atar los sacos. Espero que nadie sufra claustrofobia.

Miranda cogió un rollo de cinta amarilla. La extendió sobre la parte superior de las bolsas, y las ató. Luego, los niños se metieron en el maletero del Range Rover, y se tendieron, apretujados. Si alguien miraba en el maletero vería tres bolsas grises. Podría suponer que estaban llenas de cartas o ropas o documentos oficiales importantes. Nunca sospecharía que contenían tres niños y un perro.

—¿Todo el mundo está bien? —preguntó Miranda.

Tres voces ahogadas respondieron.

—Sí. —Ése era Max.

—Sí, gracias. —Ése era Tim.

—Estamos bien. —Ésa era Natascha, que respondía por ella y por Grk.

—Bien —dijo Miranda—. Os veré al otro lado de la frontera.

Cerró la puerta y le echó la llave. Luego se sentó al volante, puso el coche en marcha, dio la vuelta y regresó a la carretera principal.

Dentro de la bolsa oscura, caliente y sudorosa, Natascha se abrazaba a Grk. Le acarició las orejas, y le susurró:

—No te preocupes. Saldremos pronto.

Grk se revolvió y le lamió la cara.

—Ugh. —Natascha se limpió la cara con la mano—. No hagas eso.

Pero él volvió a hacerlo.

Dentro de la segunda bolsa, Max cerró los ojos e imaginó que estaba jugando al fútbol.

El portero le pasaba la pelota, y él regateaba para salir de la mitad del campo. Esquivaba a un delantero centro, y le pasaba el balón a alguien que volvía a pasárselo. Max llevaba la pelota hasta el borde del área de penalty, y la combinaba a uno de sus compañeros de equipo, que regateaba a uno de los defensas y le lanzaba un pase en corto a Max.

A cámara lenta, vio la pelota girar hacia él. Max se retorció y descargó una feroz patada, mandando el balón hacia la red. El portero se lanzó con los dedos extendidos.

Los dedos del portero rozaron la pelota, pero no fue suficiente. El disparo de Max había sido demasiado fuerte. La pelota se hundió en el fondo de la red.

El público rugía. Los compañeros de equipo de Max lo rodeaban. Por el rabillo del ojo, vio al portero vencido recoger la pelota del fondo de la red.

Dentro de la tercera bolsa, Tim se sentía aterrado. Pensaba que iba a morir. No podía respirar. Tenía calor. El sudor le resbalaba por la piel. Cerró los ojos y trató de fingir que estaba en otra parte. En cualquier otra parte. Pero ¿dónde?

Pensó durante un minuto o dos, y entonces tuvo una idea.

Imaginó que estaba tendido en una tienda en la falda del Everest. Una tormenta rugía en el exterior de la tienda. La nieve se apilaba alrededor. El viento sacudía las paredes. Se formaba hielo en cada abertura y grieta. Por eso Tim estaba encogido dentro de un saco de dormir oscuro y sudoroso: para espantar el frío.

Mañana, él y sus compañeros escaladores asaltarían la cima. Escalarían el pico más alto del planeta.

Tim había visto un documental en la tele sobre el Everest. Trató de recordar todos los detalles del paisaje y el complicado equipo que habían usado los escaladores.

Miranda trató de no pensar en los tres niños confinados en las bolsas dentro del maletero del coche. ¿Y si se asfixiaban? ¿Y si estornudaban? ¿Y si uno de los guardias fronterizos decidía pinchar las bolsas con una bayoneta? Trató de apartar estas preguntas de su mente y se concentró en la carretera.

Al cabo de veinte minutos, el Range Rover llegó a la

frontera. Estaba marcada por una alta valla de aproximadamente el doble de la altura de un hombre. Barreras rojas y blancas impedían que los coches entraran o salieran del país.

Muy poca gente usaba esta frontera. Si uno quería entrar o salir de Estanislavia, normalmente empleaba una de las carreteras más rápidas, que no serpenteaban por las montañas. En este puesto fronterizo, los soldados rara vez veían visitantes. Se pasaban los días viendo la televisión, jugando a las cartas, sacándoles brillo a las botas y limpiando sus armas.

Cuando el Range Rover se dirigió al cruce fronterizo, un perezoso soldado se levantó de su silla y recogió su rifle. Bostezó. Era un hombre alto y guapo con un grueso bigote. Era el cabo Yoran Lilas. Había nacido en el norte de Estanislavia y nunca había vivido en otro sitio. Nunca había querido hacerlo.

Debería informaros de unas cuantas cosas sobre los habitantes del norte de Estanislavia. Son orgullosos y ferozmente independientes. Son cazadores y pastores. Aman las montañas y los bosques. Sólo hay una cosa que odian: que les digan lo que tienen que hacer.

A lo largo de los siglos, los habitantes del norte se han ganado fama de perezosos. Si contratas a alguien del norte, dice la gente, no trabajará con ganas. Tardará dos días en terminar un trabajo que cualquier otra persona acabaría en una tarde. Cuando le des la espalda, se tumbará al sol a echarse una siesta.

Pero los estanislavos del norte no son realmente perezosos. Simplemente, no les gusta que les digan lo que tienen que hacer. Si trabajan por su cuenta, trabajan con tantas ganas como cualquiera.

El cabo Lilas extendió el brazo para indicar al Range Rover que se detuviera.

Miranda frenó. El Range Rover se detuvo junto al soldado.

El cabo Lilas supo inmediatamente que Miranda era extranjera, porque el Range Rover tenía una matrícula especial que mostraba que pertenecía a la embajada británica. Extendió la mano.

—¡Pasaporte!

Miranda le entregó el pasaporte. El cabo Lilas lo abrió y miró la foto. Luego la miró a ella y le hizo un guiño.

—Está mejor en la vida real.

—Gracias —sonrió Miranda.

El cabo Lilas le devolvió el pasaporte y rodeó el coche. Miró en el maletero. Vio las tres bolsas.

—¿Qué hay ahí dentro?

—Valijas diplomáticas —dijo Miranda.

—Ábralas, por favor.

—No.

El cabo Lilas se la quedó mirando, sorprendido por su negativa.

—No tengo por qué abrir las valijas diplomáticas —explicó Miranda.

—Sí. Tiene que hacerlo. Ábralas.

—No. Son valijas diplomáticas. No se pueden registrar.

—Yo puedo hacer cualquier cosa —dijo el cabo Lilas—. Soy del ejército estanislavo.

—No me importa quién sea —replicó Miranda—. No puede abrir una valija diplomática.

El cabo Lilas se irritó. No le gustaba que nadie le dijera lo que tenía que hacer. No había tenido un especial interés en abrir las bolsas hasta que Miranda le dijo que no podía. Eso le hizo cambiar de opinión. Ahora estaba decidido a ver el contenido de las tres bolsas. Conectó su radio y pidió refuerzos.

Dos soldados más salieron de la cabaña, limpiándose la sopa de los bigotes. Estaban comiendo... y nada los molestaba más que interrumpir la comida. Descendieron la colina con los rifles al hombro. Cuando llegaron al Range Rover, el cabo Lilas explicó la situación. Los tres soldados se asomaron a la ventanilla del Range Rover, miraron las valijas diplomáticas del maletero, y discutieron qué hacer.

Dentro de las bolsas, los niños podían oír las voces. Sabían que el coche se había detenido. Comprendieron que Miranda había llegado a la frontera. Sólo unos cuantos minutos más, y estarían a salvo. Sólo unos cuantos metros más, y cruzarían la frontera hacia la libertad.

Dentro de la primera bolsa, Tim se quedó muy quieto. Se mordió el labio inferior y miró a través del grueso tejido de lana del saco. Quería que esto acabara lo antes posible. Cerró los ojos y trató de retirarse a su ensoñación...

Estaba escalando el Everest. Detrás de él, veía la montaña extenderse durante kilómetros. Delante, a través de las nubes, distinguía el pico de la montaña más alta del mundo. «Unos cuantos pasos más —se dijo—. Un pie tras otro. Avanza sobre la nieve y llegarás a la cima.» Sería la persona más joven que escalaba el Everest.

Dentro de la segunda bolsa, Max había olvidado su imaginario partido de fútbol y hacía un plan para defenderse. Flexionó los dedos, tensó los músculos y se preparó para luchar. Aunque ellos tuvieran armas, iba a luchar. Prefería morir que pasar el resto de su vida en una de las prisiones del coronel Zinfandel.

Dentro de la tercera bolsa, Grk se inquietaba. No le gustaba estar metido dentro de esa bolsa oscura y caliente. Y, todavía peor, quería hacer pis.

—Chist —susurró Natascha tan silenciosamente como pudo—. Quieto, Grk. Quieto.

Grk trató de estarse quieto, pero no pudo. Estaba desesperado por hacer pis. Iba a reventar. Empezó a agitarse, tratando de encontrar una forma de salir de la bolsa. Así que Natascha lo agarró y lo apretó con fuerza contra su pecho.

El cabo Lilas advirtió movimiento dentro de las bolsas. Golpeó el cristal y gritó a Miranda.

—¿Qué hay ahí dentro?

—¿Dónde?

—En esa bolsa —dijo señalando la bolsa gris que se había movido—. ¿Qué es?

—Nada que le importe. Como decía, las valijas diplomáticas no son asunto suyo.

—Sí que son asunto mío. Dígamelo.

—No.

—¡Sí! ¡Dígamelo! ¡Soy la policía!

—Pero yo soy diplomática británica —explicó Miranda—. Estas bolsas contienen artículos de importancia diplomática. Según las normas de la legislación internacional, tienen ustedes expresamente prohibido abrir las valijas diplomáticas.

Los soldados se miraron entre sí. No comprendían en absoluto lo que había dicho Miranda. Eso los hizo sentirse aún más recelosos, y más irritados. Murmuraron algo. Todos querían abrir las bolsas. Uno de ellos quería pegarle un tiro a Miranda, pero los otros lo convencieron para que no lo hiciera.

Terminaron su discusión.

—Vamos a abrir las bolsas —le dijo el cabo Lilas a Miranda—. Ahora. Abra el coche.

—No pueden hacer eso.

—Sí. ¡Ahora!

En ese momento, los tres soldados alzaron sus rifles y apuntaron con ellos a Miranda.

Frente a los cañones de los tres rifles, Miranda comprendió que no tenía otra opción. Así que se dirigió a la trasera del coche e hizo girar la llave que abría el maletero.

Uno de los soldados levantó la puerta del maletero. El cabo Lilas sacó un cuchillo. Cortó la cinta de la bolsa y la abrió.

Luego dio un paso atrás, aturdido, cuando un perro pequeño asomó la cabeza por el agujero.

Natascha siguió al perro. Trató de agarrar a Grk, pero él se escabulló de sus brazos, y saltó del Range Rover.

Grk aterrizó, rebotó en la hierba y corrió en busca del árbol más cercano. Allí, alzó una de sus patas traseras e hizo un largo y satisfactorio pis.

Un minuto después, los tres soldados inspeccionaron su captura: un perro pequeño, una diplomática británica y tres niños.

En cuanto Max y Natascha Raffifi salieron de las bolsas, los soldados los reconocieron. Esa mañana había llegado un fax del Ministerio de Información. En la parte superior del fax, dos granulosas fotos en blanco y negro mostraban a los hermanos Raffifi. El resto del fax explicaba que esos dos niños eran fugitivos peligrosos. Eran culpables de varios crímenes serios. Eran peligrosos y probablemente iban armados. Se ofrecería una recompensa de diez mil dólares a quien los capturase.

Miranda miró a los tres niños y silabeó en silencio: «Lo siento.» Los hermanos Raffifi le sonrieron. Sabían que Miranda había hecho cuanto había podido.

—Diez mil dólares —dijo uno de los soldados—. No está mal, ¿eh?

El segundo soldado sacudió la cabeza.

—No sólo no está mal: es fantástico. Si hiciera este trabajo todos los días durante el resto de mi vida, no podría ahorrar diez mil dólares.

—Lo dividiremos entre nosotros, ¿eh? —dijo el cabo Lilas.

—Claro. Lo dividiremos en tres partes.

—Entonces, ¿a cuánto nos tocará?

Los tres soldados pensaron durante un par de minutos. Ninguno era muy bueno con las matemáticas. Se frotaron la cabeza y silabearon mientras contaban.

Finalmente, Natascha se impacientó tanto que les dijo la respuesta.

—Son tres mil trescientos treinta y tres dólares para cada uno. Y treinta y tres centavos.

Los soldados la miraron.

—¿De verdad?

—Sí —dijo Natascha—. De verdad.

El cabo Lilas silbó.

—¡Tres mil trescientos treinta y tres dólares! ¡Y treinta y tres centavos!

—¿Qué vas a hacer con todo ese dinero? —dijo el tercer soldado—. ¿Guardarlo o gastarlo?

—Gastarlo —dijo el cabo Lilas—. Compraré un coche nuevo. ¿Y tú?

—Llevaré a mi esposa de vacaciones. Hace cinco años que no vamos de vacaciones.

—¿Adónde iréis?

—No lo sé. —El soldado se encogió de hombros—. A Florida, tal vez. Ella siempre ha querido ir allí.

—Me gustaría que recordasen quiénes somos —interrumpió Miranda—. Soy empleada del gobierno británico. Este niño —dijo señalando a Tim— es ciudadano británico. No tienen ningún derecho a retenernos contra nuestra voluntad.

—Váyanse, pues —dijo el cabo Lilas—. Pueden marcharse. Crucen la frontera. No nos importan. Sólo los queremos a ellos —dijo mirando a los dos hermanos Raffifi.

—¿Por qué? ¿Por el dinero?

—Eso es —respondió el cabo. Sonrió—. ¿Diez mil dólares? Vendería a mi madre por ese dinero.

—¿Quién iba a comprar a tu madre por diez mil dólares? —dijo el segundo soldado.

—Ése no es el tema.

—Entonces, ¿cuál es el tema?

—El tema es que estaría dispuesto a hacer cualquier cosa por diez mil dólares.

Una nueva voz entró en la conversación:

—¿Incluso traicionar a su propio país?

Los tres soldados se dieron media vuelta, aturdidos y sorprendidos, para ver quién había pronunciado aquellas palabras.

Era Max.

—El traidor eres tú —dijo el cabo Lilas.

—No, no lo soy.

—Lo eres —insistió el cabo—. Eres un traidor o un criminal. Por eso hay una recompensa por tu captura. Y debes de ser un criminal peligroso, de lo contrario no sería tan grande.

Max sonrió.

—¿Tengo aspecto de criminal?

Como ninguno de los soldados contestó, Max señaló a Natascha.

—¿Parece mi hermana una criminal?

Los soldados siguieron sin contestar. El cabo Lilas miró al suelo. Los otros dos soldados parecían un poco cortados. Finalmente, el cabo Lilas alzó la cabeza y miró a Max.

—Muy bien, no parecéis criminales. Pero nosotros somos soldados. No juzgamos a la gente por su apariencia. Y, por lo que sabemos, podéis ser terroristas peligrosos. Podríais estar planeando destruir nuestro país.

—Sólo hay una persona que va a destruir Estanislavia —dijo Max—. Y es el coronel Zinfandel.

Los tres soldados parecían nerviosos. Miraron a su alrededor para comprobar que nadie pudiera oír lo que se decía.

A Max no le importaba quién los oyera.

—Nosotros no somos criminales —insistió—. Somos enemigos del coronel Zinfandel, eso es todo. Lo odiamos.

—Chist —siseó uno de los soldados—. Los árboles tienen oídos.

—Él tiene espías en todas partes —explicó otro soldado.

—No me importa —dijo Max—. No me callaré. Odio al coronel Zinfandel, y odio lo que ha hecho con nuestro país. Si fueran ustedes verdaderos ciudadanos de Estanislavia, lo odiarían también.

—Tal vez tengas razón —susurró el cabo Lilas—. Tal vez el coronel Zinfandel no sea un gran tipo. Pero ¿qué podemos hacer? Sólo somos tres pobres soldados.

—Pueden dejarnos marchar —dijo Max—. Eso hará daño al coronel Zinfandel. No le hará mucho daño, pero sí un poquito. La única manera de derrocar a un dictador es herirlo una y otra vez, poco a poco, hasta que su poder quede destruido.

Los tres soldados se miraron entre sí. Ninguno sabía qué hacer. Odiaban al coronel Zinfandel, como mucha gente en Estanislavia. Y la gente del norte lo odiaba todavía más que los demás, porque siempre les decía lo que tenían que hacer. Sin embargo, le tenían pavor. No querían que su policía secreta los torturara. No querían ser encerrados en la cárcel, ni tampoco tener que trabajar en las minas de sal. Aún peor, sabían que el coronel Zinfandel no sólo los castigaría a ellos: también castigaría a sus familias, sus esposas, sus hijos, incluso a sus perros.

—¿Cómo sabemos que no sois espías suyos? —dijo el cabo Lilas.

—Tienen que confiar en nosotros —respondió Max.

Los soldados volvieron a mirarse entre sí. Consultaron en voz baja. Agitaron los brazos y discutieron enfadados.

—Tenemos que arrestarlos —dijo el segundo soldado—. ¡Tenemos que hacerlo! Si no lo hacemos, el coronel Zinfandel nos matará. Y no sólo a nosotros. Destruirá a nuestras familias. Quemará nuestras casas. Nos hará desear no haber nacido.

—Tenemos que arrestarlos —dijo el primer soldado—. ¡Tenemos que hacerlo! Pensad en el dinero. ¡Diez mil dólares! Una oportunidad como ésta sólo se presenta una vez en la vida. Una oportunidad de ganar dinero de verdad. Ésta es la única oportunidad que tendremos jamás.

—Tenemos que dejarlos marchar —dijo el cabo Lilas.

—¿Por qué?

—¿De qué estás hablando?

—Sólo hay dos razones para arrestar a estos niños —explicó el cabo Lilas—. La primera razón es la avaricia. La segunda es el miedo. ¿Son buenas razones para hacer algo?

Los otros dos soldados se quedaron mirándolo durante un buen rato. Pensaron en el dinero, e imaginaron lo que haría cada uno con tres mil trescientos treinta y tres dólares. Pensaron en el coronel Zinfandel, e imaginaron qué sucedería si descubría que habían dejado en libertad a los hermanos Raffifi. En sus mentes, vieron pelotones de fusilamiento, y casas ardiendo, y celdas llenas de familiares. Luego, al mismo tiempo, ambos se encogieron de hombros y asintieron.

El cabo Lilas se volvió y miró a Max. Habló por todos ellos.

—Marchaos. Ahora. Antes de que os vea alguien.

—Gracias —dijo Max—. No olvidaremos este gesto.

—Gracias, gracias —dijo Natascha.

—Marchaos —repitió el cabo Lilas—. Antes de que cambiemos de opinión.

Tim, Max, Natascha y Grk saltaron al asiento trasero del coche. Miranda se puso al volante y arrancó. Saludó a los soldados, pero ninguno de ellos le devolvió el saludo.

La barrera se alzó. Cuando el Range Rover cruzó

la frontera dejando atrás Estanislavia, los soldados se quedaron observándolo durante un segundo.

—Allá van diez mil dólares —dijo el primer soldado.

—Diez mil dólares —murmuró el segundo—. Diez. Mil. Dólares.

—Olvidadlo —dijo el cabo Lilas—. Simplemente olvidadlo. Olvidad que los habéis visto. ¿De acuerdo? Porque si el coronel Zinfandel descubre alguna vez lo que hemos hecho...

No necesitó terminar la frase. Los otros dos soldados asintieron. Los tres le dieron la espalda al Range Rover y trataron de borrarlo de sus mentes.

Al otro lado de la frontera había otro puesto de control. Pertenecía a un país diferente, así que los soldados llevaban un uniforme distinto. Uno de ellos vio la matrícula diplomática del Range Rover, distinguió a Miranda y los tres niños a través de las ventanillas e indicó al coche que continuara.

Miranda atravesó la frontera y siguió conduciendo hasta que vieron un restaurante. Allí se detuvieron a cenar. Después de comer guiso de cordero y ensalada de pepinillos, seguidos de tortitas con sirope de castaña, continuaron hasta el aeropuerto más cercano, donde Miranda usó su tarjeta de crédito para comprar cinco billetes en el primer avión que iba a Londres.

Mientras esperaban para subir a bordo, Miranda

hizo dos llamadas telefónicas para decir cuándo llegarían a Londres. Primero, llamó a los padres de Tim. Luego llamó al Ministerio de Asuntos Exteriores.

Miranda tenía once mensajes en su buzón de voz. Todos eran de sir Cuthbert.

—No puede estar todavía en un atasco de tráfico —decía el undécimo mensaje—. ¿Dónde está? Si no me llama dentro de diez minutos, tendré que... tendré que... que... que... Bueno, será mejor que me llame, es todo lo que puedo decir.

Miranda desconectó el teléfono y no se molestó en llamar a sir Cuthbert.

Unas cuantas horas más tarde, Tim, Max, Natascha y Miranda atravesaban la aduana del aeropuerto de Heathrow. Grk ya había salido del aeropuerto por una puerta diferente, por motivos que serán explicados en el siguiente capítulo.

Cuando los cuatro entraban al vestíbulo de llegada, fueron recibidos por un suspiro extraordinario.

Un centenar de cámaras apuntaban a los niños. Alguien había avisado a la prensa, y les había dicho que Timothy Malt regresaba a casa en ese vuelo.

Con un poderoso zumbido, las cámaras grabaron la escena. Los flashes destellaban, iluminando las caras de los niños con una luz pálida. Los micrófonos intentaban captar hasta la última palabra de sus labios...

pero ninguno emitió sonido alguno, porque estaban demasiado aturdidos para hablar.

Un centenar de periodistas gritó un centenar de preguntas exactamente al mismo tiempo.

—¡Tim! ¡Timothy Malt! ¡Aquí, Tim! ¿Cómo te sientes al volver a estar en casa? Cuéntanos, ¿qué ha pasado? ¿Dónde has estado? ¡Aquí! ¿Te alegras de volver a casa? ¡Sonríe para la cámara! ¡Timothy Malt! ¡Tim! ¡Aquí!

Era sorprendente. Durante un momento, Tim se sintió tan desorientado que no comprendió qué estaba pasando. Parpadeó. Se le nublaron los ojos. Se sentía confundido y perdido. Cuando vio a dos personas corriendo hacia él con los brazos extendidos, tuvo miedo. ¿Quiénes eran? ¿Qué querían? ¿Qué iban a hacerle? Entonces los reconoció.

—Oh, Tim —dijo su madre, mientras lo envolvía en un abrazo—. ¡Estás a salvo! ¡Estás a salvo!

Tim miró a su padre, que se alzaba sobre él. Se sonrieron. No había ninguna necesidad de palabras.

34

Cuando se introduce un animal en Gran Bretaña, hay que encerrarlo en una jaula durante seis meses. Esto se llama cuarentena. Según el gobierno, la cuarentena es necesaria para proteger a los animales británicos de enfermedades que sólo existen en otros países. Durante esos seis meses, los veterinarios inspeccionan regularmente a esa mascota, y se aseguran que de que no tenga rabia, garrapatas, solitarias o ninguna otra infección innombrable.

Los animales pequeños evitan la cuarentena con pasaportes especiales para mascotas. Grk tenía uno. Por desgracia, había abandonado el país sin él, así que tuvo que ir directamente a cuarentena a su regreso. Cuando Tim, Miranda y los Raffifi llegaron al aeropuerto de Heathrow, los agentes de aduanas británicos detuvieron a Grk y se lo llevaron bajo custodia.

No lo esposaron, pero sí lo encerraron en una jaula pequeña. Grk agachó las orejas. Miró a Natascha a través de los barrotes y arrugó el hocico. Su expresión parecía estar diciendo: «Fui y te rescaté de la prisión, ¿y así es como me lo pagas? ¿Metiéndome en una jaula?»

Natascha se arrodilló junto a la jaula y trató de disculparse. Grk no se dejó impresionar. Le dio la espalda y se tumbó en un rincón, malhumorado.

Esa tarde, el señor Malt hizo varias llamadas telefónicas y encontró una perrera en las afueras de Londres, a menos de una hora de viaje en coche de la casa. Los dueños de la perrera accedieron a quedarse a Grk y darle un hogar durante los siguientes seis meses.

La perrera era una prisión para perros (nadie podía negarlo), pero era una prisión cómoda. Durante su encarcelamiento, Grk vivió en una jaula grande. Siempre daba dos largos paseos, uno por la mañana y otro por la tarde. Recibía un suministro constante de agua, pelotas de tenis y juguetes para roer. Lo mejor de todo era que casi todos los días recibía la visita de Tim y los Raffifi.

En cuanto a Max y Natascha, se quedaron a vivir en Londres. El señor y la señora Malt los invitaron a hacerlo, y ellos aceptaron agradecidos. El señor Malt retiró sus libros y su ordenador del desván, y lo convirtió en un dormitorio. Natascha dormía allí. Tim compartía su dormitorio con Max. La casa parecía abarrotada, pero a nadie le importaba.

En el instituto de Tim, el director accedió a aceptar a dos alumnos nuevos. Cada mañana, Tim, Max y Natascha iban caminando a clase. Todas las tardes, regresaban juntos a casa. Nunca más tuvo Tim que volver a casa solo, ni entrar en una casa vacía.

Una tarde, unas dos semanas después de volver a Londres, Tim subió las escaleras hasta el desván. Llamó a la puerta.

—¿Sí? —contestó una voz desde dentro de la habitación—. ¿Quién es?

—Yo —dijo Tim.

—¿Quién es yo?

—Yo. Tim.

La puerta se abrió. Natascha sonrió.

—No tienes que llamar. Es tu casa.

—También es tu casa ahora.

—¿Lo es?

—Sí.

—Oh. Vale —dijo Natascha con otra sonrisa—. Bueno, ¿quieres pasar?

—Sí, gracias.

Tim siguió a Natascha al desván. En las dos últimas semanas, la habitación había cambiado por completo. El escritorio y el ordenador del señor Malt habían sido sustituidos por una cama y un perchero con muchos brazos. En ese momento, la mayoría de los brazos estaban vacíos; Natascha sólo poseía unas cuantas prendas de vestir. El fin de semana próximo, la señora Malt y ella habían acordado ir de compras a Oxford Street. En los estantes, donde antes el señor Malt almacenaba sus aburridos libros de seguros, Natascha había colocado unas cuantas novelas, un mapa de Londres, tres libros sobre perros y un diccionario inglés-estanislavo.

—Miranda acaba de llamar —dijo Tim—. Va a venir a cenar esta noche.

—Oh, qué bien. ¿Qué pasó con el Ministerio de Exteriores? ¿La despidieron?

Tim negó con la cabeza, y explicó. Según Miranda, sir Cuthbert había enviado un puñado de correos electrónicos y faxes de lo más airados al ministro, exigiendo que despidieran a Miranda de inmediato. Finalmente, el ministro le contestó, diciéndole que Miranda había sido ascendida como recompensa por su buen trabajo, y que tal vez incluso recibiría una medalla. El primer ministro había enviado un mensaje personal felicitando a Miranda por ayudar a Tim y a los Raffifi.

Natascha dio alegremente una palmada.

—¡Qué buena noticia! ¡Magnífico! ¿Y qué va a hacer ahora?

—Va a ir a Estados Unidos —dijo Tim—. A trabajar en la embajada de allí.

Mientras hablaban, Tim advirtió que en la pared blanca sobre la cama de Natascha había clavadas tres cosas.

En primer lugar, una foto de Grk. Estaba mirando

a la cámara. Tenía la cabeza ladeada y las orejas tiesas como si escuchara una música lejana.

Luego, había una hoja de papel en blanco. Tim cruzó la habitación para mirarla. En el papel, Natascha había escrito ocho palabras en letras mayúsculas.

TEMPESTAD
GRAMÓFONO
AZULINO
ÁNADE
TESTIGO
ABADEJO
GRAMOLA
MAGNÉTICO

Tim señaló el papel.

—¿Qué es esto?

—Mis palabras.

—¿Qué palabras?

—Cada noche, aprendo ocho palabras. Para mejorar mi dominio de tu idioma.

—¿Cómo eliges esas palabras?

Natascha se encogió de hombros.

—Del periódico. O cuando se las oigo decir a la gente por la calle. O las capturo en el autobús. No, no, no. Las capto, ¿no es así? Las capto en el autobús. Es así, ¿no?

—Sí, eso creo —dijo Tim. En realidad, no estaba

seguro del todo. No le sonaba bien del todo, pero tampoco le sonaba mal. Miró de nuevo la lista—. ¿Qué es un abadejo?

—¿Es tu idioma y no lo sabes?

—Sólo tengo doce años.

—Y yo también. Y ni siquiera soy inglesa —dijo Natascha sonriendo—. Tal vez deberías aprender ocho palabras al día también.

A Tim no le hizo gracia.

—¿Vas a decirme lo que significa o tendré que buscarlo en el diccionario?

—Claro que te lo diré. Es un pez. Parecido al bacalao.

—Vale.

—La verdad es que quería preguntarte una cosa: ¿si el pez se llama abadejo, la hembra se llama abadeja?

—A mí no me preguntes —dijo Tim—. Pregúntale a mi padre. Él sabe de esas cosas.

Tim miró la tercera cosa clavada a la pared. Era un calendario. Todos los días hasta el día anterior habían sido tachados con boli rojo.

—¿Y qué es eso?

—Para Grk.

—¿Qué quieres decir?

—Para saber cuándo volverá a casa —dijo Natascha mientras pasaba las páginas del calendario. Cinco meses más adelante, había una fecha rodeada por un círculo—. Aquí. Es el día en que saldrá.

—Tengo una idea —dijo Tim—. Ese día, daremos una fiesta. Para celebrarlo.

Natascha asintió.

—Una fiesta estaría bien. ¿Y sabes una cosa? Voy a comprarle el hueso más grande que haya visto en su vida.

Todas las noches durante los siguientes cinco meses y medio, antes de irse a dormir, Natascha tachaba un día más del calendario. Finalmente, seis largos meses después de que Grk fuera a la perrera, fue liberado.

Los Malt dieron una gran fiesta. Acudieron todos sus amigos y vecinos. Todos estaban ansiosos por conocer a ese perro del que tanto habían oído hablar.

Natascha fue al carnicero, y compró un hueso enorme. En la fiesta, se lo dio a Grk. El hueso era el doble de grande que él, pero consiguió cogerlo y agarrarlo entre los dientes. Se retiró al fondo del jardín, donde cavó un agujero, desenraizando los geranios de la señora Malt, y enterró el hueso bajo una capa de tierra fina. Luego caminó tres veces en círculo sobre el lecho de flores, se tumbó y se quedó dormido.

Después de eso, Grk, Natascha, Max y los Malt vivieron felices el resto de sus vidas.

35

La verdad es que esto no es cierto del todo. Max y Natascha fueron felices, sí, pero su felicidad estuvo siempre marcada por la furia, el dolor y el miedo. Los dos hermanos Raffifi nunca pudieron ser verdaderamente felices, porque nunca pudieron olvidar lo que había sucedido a sus padres. Ni pudieron olvidar lo que había sucedido a su país.

Cada día, Max recordaba la promesa que les había hecho a sus padres.

Desde el patio de la prisión de Vilnetto, había hecho la solemne promesa de que los rescataría. Bueno, no lo hizo. No pudo hacerlo. Cuando hizo esa promesa, sus padres ya habían sido asesinados por el mayor Raki.

En Londres, hizo otra promesa. Mentalmente, les dijo estas palabras a sus padres:

—Lamento no haber podido ayudaros. Lamento no haber estado allí cuando moristeis. Pero os prometo que vengaré vuestras muertes. Y os prometo, mamá, papá, que mi venganza será rápida y cruel.

Un día, Max tendría la oportunidad de cumplir su promesa. Él y Natascha Raffifi regresarían a Estanislavia con Tim y Grk. Juntos, los cuatro vengarían los asesinatos del señor y la señora Raffifi y liberarían al país del coronel Zinfandel.

Pero ésa es otra historia.